Bianca

D0747050

COMPROMETIDA Y CAUTIVA
CATHY WILLIAMS

A

HARLEQUIN™

Editado por Harlequin Ibérica.
Una división de HarperCollins Ibérica, S.A.
Núñez de Balboa, 56
28001 Madrid

© 2017 Cathy Williams
© 2018 Harlequin Ibérica, una división de HarperCollins Ibérica, S.A.
Comprometida y cautiva, n.º 2602 - 7.2.18
Título original: Cipriani's Innocent Captive
Publicada originalmente por Mills & Boon®, Ltd., Londres.

I.S.B.N.: 978-84-9170-586-4
Depósito legal: M-33519-2017
Impresión en CPI (Barcelona)
Fecha impresion para Argentina: 6.8.18
Distribuidor exclusivo para España: LOGISTA
Distribuidores para México: CODIPLYRSA y Despacho Flores
Distribuidores para Argentina: Interior, DGP, S.A. Alvarado 2118.
Cap. Fed./Buenos Aires y Gran Buenos Aires, VACCARO HNOS.

Capítulo 1

EL SEÑOR Cipriani ya puede recibirla.

Katy Brennan miró a la mujer de mediana edad y rostro anguloso a la que había conocido poco antes en el vestíbulo de la sede de Cipriani y que la había acompañado a la planta del director, donde llevaba esperando más de veinte minutos.

No quería estar nerviosa, pero lo estaba. La habían llamado de su despacho en Shoreditch, donde trabajaba como especialista en informática en un pequeño grupo de cuatro personas, y la habían informado de que Lucas Cipriani, el dios ante el que todo el mundo respondía, requería su presencia.

No tenía ni idea de por qué querría hablar con ella, pero sospechaba que tenía algo que ver con el complejo trabajo que se traía ahora entre manos, y aunque se decía que seguramente solo querría repasar algunos detalles menores con ella, estaba nerviosa de todas maneras.

Katy se levantó, lamentando que no la hubieran informado con antelación de aquel encuentro, porque se habría vestido con algo más acorde al lujoso ambiente que la rodeaba.

Llevaba puestos unos vaqueros y una camiseta, la mochila y una cazadora ligera, perfecta para el frescor de la primavera, pero completamente inadecuada para aquel edificio de cristal de ocho plantas.

Aspiró con fuerza el aire y no miró ni a derecha ni a izquierda mientras seguía a la asistente por el pasillo

enmoquetado, más allá de los despachos de los ejecutivos y de las muchas salas de reuniones donde se cerraban tratos millonarios. Finalmente, llegaron a una sala
de espera. En la parte de atrás había una enorme puerta de
madera cerrada que por sí sola causaría terror a cualquier persona que hubiera sido convocada de modo ar-
bitrario por el director de la empresa... un hombre con
una capacidad legendaria para cerrar tratos y convertir
la paja en oro.

Katy aspiró con fuerza el aire y se quedó atrás mientras la asistente abría la puerta.

Mirando abstraídamente por el enorme ventanal de
cristal reforzado que le separaba de la calle, Lucas Cipriani pensó que aquella reunión era lo último que le
faltaba para estropear definitivamente el día.

Pero no podía evitarla. Se había abierto una brecha
en la seguridad del acuerdo en el que llevaba trabajando
durante los últimos ocho meses, y aquella mujer iba a
tener que pagar las consecuencias. Así de claro. Aquel
era el acuerdo de su vida, y de ninguna manera iba a po-
nerlo en peligro.

Cuando su asistente llamó a la puerta y entró en el
despacho, Lucas se giró lentamente con la mano en
el bolsillo de los pantalones y miró a la mujer que estaba
a punto de perder el trabajo aunque ella no lo supiera.

Entornó la mirada y se dio cuenta de que debería estar
más al tanto de la gente que trabajaba para él, porque no
se esperaba aquello. Esperaba un friki de los ordenadores con gafas, pero la chica que tenía delante no parecía
un genio de la informática, sino una hippy. Llevaba unos
vaqueros desteñidos y una camiseta con el nombre de
una banda de la que él no había oído hablar nunca. Iba
calzada con unas botas negras de estilo masculino que

parecían para el trabajo en la construcción. Llevaba una mochila colgada del hombro con una especie de chaqueta encima, estaba claro que se la acababa de quitar. Su código de vestimenta contradecía todo lo que él asociaba con una mujer, pero tenía ese tipo de pelo de tonos cobrizos que a un pintor le encantaría plasmar en el lienzo, y un rostro delicado con unos grandes y brillantes ojos verdes que le sostuvieron la mirada.

–Señorita Brennan –se dirigió hacia el escritorio mientras Vicky, su secretaria, cerraba la pesada puerta al salir–. Siéntese, por favor.

Al escuchar aquella voz profunda y aterciopelada, Katy se dio cuenta de que había estado conteniendo la respiración. Cuando entró en el despacho creía que sabía más o menos qué esperar. Conocía vagamente el aspecto de su jefe porque había visto fotos suyas en la revista de la empresa que de vez en cuando aterrizaba en su escritorio de Shoreditch, muy lejos del edificio de cristal de última generación que albergaba lo mejor de la empresa: desde Lucas Cipriani, que estaba sentado en lo alto como un dios en el Monte Olimpo, a su equipo de poderosos ejecutivos que se aseguraban de que su imperio rodara sin obstáculos.

Pero no se esperaba eso. Que Lucas Cipriani fuera, sencillamente, bello. No había otra palabra para describirlo. No era solo el conjunto de sus facciones perfectas, ni el bronce bruñido de su piel, ni siquiera la poderosa masculinidad de su cuerpo. La belleza de Lucas Cipriani iba mucho más allá de lo físico. Exudaba un cierto poder y un carisma que dejaba sin respiración e impedía que se pudiera pensar con coherencia.

Y esa era la razón por la que Katy estaba en ese momento allí, en su oficina, con la boca tan seca que no habría podido pronunciar ni una palabra aunque hubiera querido.

Le pareció escuchar vagamente que él le decía que se sentara, algo que estaba deseando hacer, así que se colocó en el enorme sillón de cuero situado frente a su escritorio.

–Has estado trabajando en el trato con China –le dijo Lucas sin más preámbulos.

–Sí –Katy podía hablar de trabajo, podía responder a cualquier pregunta que le hiciera, pero se sentía inquieta ante aquella inesperada sensualidad, y cuando habló lo hizo con voz trémula–. He estado trabajando en la parte legal del acuerdo, introduciendo todos los detalles en un programa que permitirá acceso instantáneo a lo que se necesite sin tener que revisar toda la documentación. Espero que no haya ningún problema. De hecho, voy más adelantada de lo esperado. Seré sincera, señor Cipriani, es uno de los proyectos más emocionantes en los que he trabajado. Complejo, pero muy interesante.

Se aclaró la garganta y forzó una sonrisa, que fue recibida por un silencio absoluto y una mirada fría de sus oscuros ojos.

Lucas se recolocó en el escritorio, bajó la mirada y, sin decir nada, le dio la vuelta a la pantalla del ordenador para que ella lo viera.

–¿Reconoces a este hombre?

Katy palideció y se quedó boquiabierta al ver a Duncan Powell, el tipo del que se había enamorado tres años atrás. El pelo rubio y liso, los ojos azules que se le achinaban cuando sonreía y aquel encanto infantil que la había atrapado cuando era apenas una adolescente.

No se hubiera esperado aquello ni en un millón de años. Confundida y sonrojada, Katy clavó sus ojos verdes en Lucas.

–No entiendo...

–No te estoy preguntando si lo entiendes. Te pregunto si conoces a este hombre.

–Sí... sí –balbuceó ella–. Bueno, le conocía hace unos años...

–Y, al parecer, eludiste ciertos sistemas de seguridad y has descubierto que actualmente trabaja en la empresa china con la que estoy a punto de cerrar un trato, ¿no es así? No, no te molestes en responder. Tengo unas alertas en mi ordenador y lo que estoy diciendo no necesita comprobación.

Katy estaba mareada. Sus pensamientos habían regresado al momento de su desastrosa relación con Duncan. Le había conocido poco después de regresar a casa de sus padres en Yorkshire. Dividida entre quedarse donde estaba o enfrentarse al gran mundo de Londres, donde había mejores ofertas de trabajo, había aceptado un trabajo temporal como profesora auxiliar en uno de los colegios locales para darse tiempo para pensar.

Duncan trabajaba en el banco de la misma calle. Lo cierto era que no fue amor a primera vista. Siempre le habían gustado los tipos poco convencionales, y Duncan era justo lo contrario. Había puesto el ojo en ella como un misil en un objetivo, y antes de que Katy pudiera decidir si le gustaba o no, se habían tomado un café, luego fueron a cenar y después empezaron a salir.

Era insistente y divertido, y Katy se empezó a pensar el plan de Londres cuando todo se vino abajo porque descubrió que el hombre que le había robado el corazón no era el tipo sincero y soltero que ella pensaba.

Tampoco vivía de forma permanente en el pueblo de sus padres. Estaba de comisión de servicio por un año, un detalle que no había mencionado. Tenía mujer y dos hijas gemelas esperándole en Milton Keynes. Katy había sido una diversión, y, cuando descubrió la verdad, Duncan se encogió de hombros y alzó las manos en señal de rendición. Ella supo que lo hacía porque se había negado a acostarse con él.

–No lo entiendo –Katy apartó la vista de la imagen del ordenador de Lucas–. Así que Duncan trabaja para esa empresa. No he buscado información sobre él –aunque sí había hecho algunas comprobaciones básicas por curiosidad, para saber si era el mismo tipejo con el que una vez se había tropezado. Un par de clics con el ratón habían bastado para confirmar sus sospechas.

Lucas se inclinó hacia delante, su lenguaje corporal resultaba peligrosamente amenazador.

–Eso podría ser –le dijo–. Pero presenta ciertos problemas.

Lucas le explicó con clara y fría precisión aquellos problemas y Katy le escuchó con creciente alarma. Un acuerdo realizado en completo secreto... una empresa familiar basada en los valores de la tradición... un mercado bursátil que se apoyaba en que no hubiera ninguna filtración y la amenaza de su conexión con Duncan en un momento delicado para las negociaciones.

Katy era brillante con la informática, pero los misterios de las altas finanzas se le escapaban. La carrera hacia el dinero nunca le había interesado. Sus padres le habían enseñado desde muy pequeña la importancia de reconocer el valor de las cosas que el dinero no podía comprar. Su padre era pastor en una parroquia y tanto él como su madre llevaban una vida basada en la importancia de anteponer las necesidades de los demás a las propias. A Katy no le importaba si alguien ganaba mucho dinero o cuánto poseía.

–No me importa nada de eso –dijo con voz trémula cuando hubo una breve pausa en el frío conteo de sus transgresiones. Le pareció un buen momento para dejar las cosas claras porque empezaba a tener la desagradable sensación de que Lucas la estaba rodeando en círculos como un depredador preparándose para el ataque.

¿Iba a despedirla? Sobreviviría. Lo principal era que aquello era lo peor que podía pasarle. No era un señor feudal de la Edad Media que podría quemarla y ahorcarla por desobediencia.

–Que te importe o no un acuerdo que no va a tener ningún impacto sobre ti es irrelevante. Por mala fe o por incompetencia, ahora estás en posesión de una información que podría acabar con un año y medio de intensas negociaciones.

–Para empezar, lamento mucho lo que ha sucedido. Ha sido un trabajo muy complicado y, si he accedido a una información que no debía, pido disculpas. No era mi intención. De hecho, no estoy en absoluto interesada en su acuerdo, señor Cipriani. Me encargó un trabajo y lo he estado haciendo lo mejor que he podido.

–Y está claro que no ha sido suficiente, porque un error de esta magnitud es imperdonable.

–¡Pero no es justo!

–Recuérdame que te dé una lección de vida respecto a lo que es justo y lo que no. No estoy interesado en tus excusas. Lo que me interesa es encontrar una solución para el conflicto que has creado.

Katy sintió una punzada al escuchar su crítica respecto a su capacidad. Era buena en lo que hacía. Brillante, incluso.

–Si observa la calidad de lo que he hecho, señor Cipriani, descubrirá que he realizado un trabajo excelente. Soy consciente de que puedo haberme encontrado con información que no debería haber estado disponible para mí, pero tiene mi palabra de que todo lo que haya descubierto no saldrá de mí.

–¿Y por qué debería creerte?

–¡Porque estoy diciendo la verdad!

–Lamento arrastrarte al mundo de la realidad, pero yo no doy las cosas por sentadas, incluidas las prome-

sas de sinceridad de los demás –se reclinó en la silla y la observó.

Sin intentarlo, Lucas era capaz de exudar esa clase de frialdad letal que hacía que los hombres adultos temblaran. Una chica tan joven destinada al despido tendría que haber sido pan comido, pero, por alguna razón, su gran capacidad de concentración se veía distraída por su belleza.

A él le gustaban las mujeres morenas y profesionalmente ambiciosas que siempre llevaban su armadura de trajes de chaqueta de diseño y tacones altísimos. Disfrutaba de las conversaciones intelectuales y los debates apasionados relacionados con el trabajo.

Eran mujeres alfa y así le gustaban.

Había visto el daño que causaban a los hombres ricos las atolondradas y las mujeres espectaculares. Su padre, un hombre amable y divertido, había disfrutado de un buen matrimonio de diez años con la madre de Lucas, y, cuando Annabel Cipriani murió, de pronto se perdió en una sucesión de rubias impresionantes y sexys. La inteligencia no era un requisito.

Había estado a punto de arruinarse en tres ocasiones, y resultaba milagroso que la fortuna familiar hubiera quedado a salvo.

Pero peor que la molestia de que sus cuentas bancarias hubieran sido rapiñadas por aquellas cazafortunas era la esperanza que su padre había depositado siempre en las mujeres con las que terminó casándose. La esperanza de que estuvieran ahí para él, que de alguna manera le darían el apoyo emocional que tuvo con su primera esposa. Estaba buscando amor, y aquella debilidad fue la causa de que le utilizaran una y otra vez.

Lucas había observado todo aquello desde bambalinas y había aprendido la lección: evitar involucrarse emocionalmente para no terminar nunca herido. De he-

cho, podía manejar bien a las chicas sexys con poca cabeza, pero no le interesaban. Lo que no se le daba bien eran las mujeres que pudieran pedirle algo que él no pudiera dar, por eso siempre buscaba mujeres emocional y económicamente independientes, como él. Seguían sus mismas reglas y estaban tan en contra de los estallidos emocionales como él,

El hecho era que, si no dejabas entrar a nadie, estabas protegido de la desilusión, y no solo de la decepción superficial de descubrir que alguna mujer reemplazable estaba más interesada en tu cuenta bancaria que en ti.

Había aprendido una lección importante sobre la clase de debilidad que puede herirte de forma permanente y por eso cerró su corazón y tiró la llave. Y nunca había dudado de que estuviera haciendo lo correcto.

–¿Sigues en contacto con ese hombre? –murmuró mirándola con ojos de halcón.

–¡No! –Katy tenía el rostro sonrojado y le ardía. Se dio cuenta de que estaba agarrando los brazos del sillón como si le fuera la vida en ello. Tenía todo el cuerpo rígido por la afrenta de que le hiciera una pregunta tan personal–. ¿Va a despedirme, señor Cipriani? Porque, si ese es el caso, tal vez podríamos acabar de una vez.

Las sienes le latían de forma dolorosa. Por supuesto que iba a despedirla. Aquello no iba a ser un tirón de orejas antes de enviarla de nuevo a Shoreditch para que continuara con su actividad normal, ni tampoco la iban a retirar sin más de la tarea en la que había metido la pata sin darse cuenta.

La habían llevado hasta allí como a una delincuente para poder despedirla. Sin un mes de preaviso, sin advertencia previa, y no podía ni considerar siquiera la posibilidad de denunciar un despido improcedente. Se quedaría sin su principal fuente de ingresos y tendría que lidiar con ello. Y al tipo que tenía delante divirtién-

dose mientras la juzgaba no le importaba nada que estuviera diciendo la verdad o no o cómo la afectaría aquel repentino despido.

–Desgraciadamente, no es algo tan directo...

–¿Por qué no? –le interrumpió ella acalorada–. Está claro que no se cree ni una palabra de lo que le he contado, y sé que no se me permitirá volver a acercarme a mi proyecto. Si me quisiera fuera sin más, seguramente se lo habría dicho a Tim, mi jefe, para que me diera el mensaje. El hecho de que me haya llamado aquí me hace saber que me va a dar la patada, pero no antes de que me quede clara la razón. ¿Dará al menos buenas referencias de mí, señor Cipriani? He trabajado muchísimo para su empresa durante el último año y medio y solo tengo informes brillantes sobre el trabajo que he hecho.

A Lucas le maravillaba que pudiera pensar ni por un segundo que tuviera tanto tiempo como para llamarla personalmente y despedirla. Katy le miraba con expresión angustiada, sus ojos verdes brillaban desafiantes.

Distraído otra vez, se encontró diciendo:

–He visto en tu ficha que solo trabajas dos días a la semana para mi empresa. ¿A qué se debe? Es poco habitual que alguien de tu edad sea empleado a tiempo parcial. Ese suele ser el caso de mujeres con niños en edad escolar que quieren ganar algo de dinero pero no pueden permitirse las exigencias de un trabajo a tiempo completo.

–Yo... tengo otro trabajo –admitió Katy poniéndose en guardia–. Trabajo como profesora de Tecnología en un instituto cerca de donde vivo.

A su pesar, Lucas estaba fascinado por el tono de su sonrojo. Su rostro era transparente como el cristal y eso en sí mismo resultaba una rareza digna de llamarle la atención. Las mujeres profesionales con las que salía

sabían cómo calcular sus expresiones porque cuanto más alto subían, antes aprendían que sonrojarse como una doncella virgen no servía para nada en el mundo de la empresa.

–Ahí no pagan muy bien –murmuró Lucas.

–Eso no es lo importante.

Lucas había vuelto a dirigir su atención al ordenador y estaba viendo el informe que tenía sobre ella. La lista de referencias favorables resultaba impresionantemente larga.

–Entonces –murmuró recostándose y focalizándose completamente en ella–. Trabajas para mí por el sueldo y como profesora por placer.

–Así es –a Katy le desconcertó la rapidez con la que había llegado a la conclusión correcta.

–Por lo tanto, perder tu empleo en mi empresa supondrá un serio impacto en tus finanzas.

–Buscaré otro trabajo para sustituir este.

–Mira a tu alrededor. Los empleos parciales bien pagados no son algo común. Yo me tomo como una obligación pagar a mis empleados por encima de la media. He descubierto que eso genera compromiso y lealtad a la empresa. No creo que encuentres nada parecido en todo Londres.

Lucas esperaba una solución rápida para aquel inesperado problema. Ahora se veía presionado para averiguar algo más sobre ella. Aunque era empleada a tiempo parcial, trabajaba más allá de sus obligaciones. Aseguraba que era inocente, y él no era tan ingenuo como para creerla a pies juntillas, aunque no estaría mal saber un poco más. Su impresión inicial no era que se tratara de una ladrona, pero, por otra parte, alguien con un trabajo a tiempo parcial podría encontrar irresistible aprovecharse de una inesperada oportunidad. Y Duncan Powell representaba aquella oportunidad.

–El dinero no significa mucho para mí, señor Cipriani –a Katy le confundía que un hombre con unos valores tan distintos a los suyos pudiera atraerla de aquel modo que la dejaba indefensa y expuesta. Le costaba trabajo hilar dos frases coherentes seguidas–. Vivo sola, pero podría compartir piso con otras personas. No sería el fin del mundo.

Para Lucas, la idea de compartir espacio con más gente era casi lo mismo que ser encarcelado.

Además, ¿eso qué implicaba?, se preguntó observando su boca obstinada. ¿Cuál era la situación con Powell, un hombre casado? No era frecuente en Lucas cuestionar sus propios juicios, pero en ese caso se preguntó si no se trataría de la historia de una mujer preparada para pasar por alto el hecho de que su amante estuviera casado debido a los beneficios económicos que podría conseguir.

Tendría que indagar un poco más.

–¿Nunca has pensado en dejar la enseñanza y trabajar en mi empresa a tiempo completo?

–No –se hizo un silencio entre ellos mientras Katy trataba de entender hacia dónde llevaba su repentino interés–. A algunas personas no les motiva el dinero –rompió finalmente el silencio porque había empezado a transpirar por la incomodidad–. No me educaron para valorar las cosas materiales.

–Interesante. Poco habitual.

–Tal vez en su mundo, señor Cipriani.

–El dinero es el motor que lo mueve todo, y no solo en mi mundo. En todos los mundos. Aunque se diga lo contrario, las mejores cosas de la vida no son gratis.

–Quizá para usted no –afirmó Katy con clara desaprobación. Sabía que estaba jugando con fuego. Tenía la sensación de que Lucas Cipriani no era un hombre al que le gustara que los demás le llevaran la contraria.

Pero ¿qué sentido tenía andarse con paños calientes cuando estaba a punto de pagar por un delito que no había cometido?–. Por eso no cree en lo que le estoy diciendo –continuó Katy–. Por eso no confía en mí. Seguramente no confía en nadie, y eso es muy triste. A mí no me gustaría ir por la vida sin distinguir a mis amigos de mis enemigos. Cuando todo tu mundo gira alrededor del dinero, se pierde la perspectiva de las cosas que realmente importan.

Lucas apretó los labios con desaprobación. Katy tenía razón al decir que no confiaba en nadie, pero así quería que fuera.

–Permíteme ser completamente claro contigo –se inclinó hacia delante y la miró con frialdad–. No has venido aquí para intercambiar conmigo tus puntos de vista. Reconozco que debes de estar tensa y nerviosa, y sin duda esa es la razón por la que te has pasado de la raya, pero te sugiero que te bajes de tu pedestal de moralidad y observes con frialdad las elecciones que has hecho y que te han traído a mi despacho.

Katy se sonrojó.

–Cometí un error con Duncan –murmuró–. Todos cometemos errores.

–Te acostaste con un hombre casado –la corrigió Lucas con sequedad, sobresaltándola–. Así que mientras me sermoneas sobre mi patética vida orientada hacia el dinero, podrías considerar también que a pesar de toda mi arrogancia jamás me acostaría con una mujer casada.

–Yo...

Lucas alzó una mano.

–A mí nadie me habla como tú lo has hecho –sintió una punzada de incomodidad porque aquella frase demostraba la arrogancia de la que le habían acusado–. He hecho números, y, por mucho que me mires con esos

ojos verdes abiertos de par en par, debo decirte que aceptar la palabra de una adúltera me resulta difícil.

Horrorizada por el frío desprecio de Lucas y su acusación, Katy se puso de pie con las piernas temblorosas para descargar toda su ira contra él.

–¿Cómo se atreve? –pero incluso en medio de su furia se vio atrapada por una extraña sensación de vulnerabilidad porque su oscura mirada electrificaba cada centímetro de su cuerpo.

–Con mucha facilidad –replicó Lucas sin pestañear–. Estoy viendo los hechos delante y los hechos me cuentan una historia muy clara. Quieres hacerme creer que no tienes nada que ver con ese hombre. Lamentablemente, tu falta de principios al haber tenido una relación con él en un principio hablan por sí solos.

Katy había palidecido completamente. Odiaba a aquel hombre. No creía posible poder odiar a alguien más.

–No tengo por qué quedarme aquí a escuchar esto –pero era consciente con incomodidad de que, si ella no le hablaba de su ausencia de vida sexual, era normal que Lucas hubiera llegado a la conclusión errónea. Las chicas de su edad tenían aventuras y se acostaban con hombres. Tal vez podría conseguir que la creyera si le decía la verdad, que había puesto fin a su breve relación en cuanto supo que tenía mujer y dos hijas. Pero, aunque Lucas se creyera eso, desde luego no se creería que no se había acostado con Duncan.

Y eso llevaría a otra conversación que no estaba dispuesta a tener. ¿Cómo iba a creer un hombre como Lucas Cipriani que la fresca que se acostaba con hombres casados era en realidad virgen?

A Katy no le gustaba pensar en ello. Nunca había tenido prisa respecto al sexo. Sus padres no le habían impuesto sus valores, pero el gota a gota de sus ama-

bles consejos y el ejemplo que había visto en la vicaría de chicas con el corazón roto, a menudo embarazadas y abandonadas por los hombres de los que se habían enamorado, la habían hecho darse cuenta de que con el amor había que tener cuidado.

Siendo justa, si la tentación hubiera llamado a su puerta, tal vez se habría cuestionado sus anticuados principios, pero, aunque siempre se había llevado bien con el sexo opuesto, nadie le había llamado la atención hasta que apareció Duncan con su encanto, su seducción y su insistencia, robándole el corazón. Su traición la dejó devastada.

Su virginidad era ahora un recordatorio del mayor error que había cometido en su vida. Aunque confiaba en que algún día podría encontrar a un hombre para ella, estaba también resignada a la posibilidad de que no ocurriera, porque estaba fuera de onda de lo que los hombres querían.

Querían principalmente sexo. Al parecer, había que acostarse con cientos de ranas para conseguir al príncipe, y Katy no estaba dispuesta a hacerlo.

Así que ¿qué pensaría Lucas Cipriani de su historia?

Se imaginó su mueca de desprecio y se estremeció.

Confundida por la dirección que habían tomado sus pensamientos, Katy alzó la barbilla y le miró con la misma frialdad que él.

–Supongo que después de esto estoy despedida, así que no puede haber otra razón para que yo siga aquí. Y no puede impedir que me vaya. Tendrá que confiar en que no le contaré nada a nadie respecto al acuerdo.

Capítulo 2

NO LLEGÓ muy lejos.

—Si sales de este despacho me veré obligado a emprender acciones legales contra ti con la acusación de haber utilizado información interna para influir negativamente en el resultado de los acuerdos económicos de mi empresa.

Katy se detuvo y se giró lentamente para mirarle.

Tenía la mirada dura e inexpresiva, y la miraba con escaso interés. Su absoluta calma indicaba que no se trataba de ninguna broma por su parte.

Katy sabía mucho sobre ordenadores. Podía crear programas que nadie más sabía diseñar. Sin embargo, no sabía absolutamente nada sobre leyes. No entendía lo que Lucas le estaba diciendo, pero sabía que se trataba de una amenaza.

Lucas observó cómo se sonrojaba. Tenía una piel sedosa y sin mácula. Su cabello era de un tono cobrizo, como el de las pelirrojas, pero no tenía ni una sola peca. El resultado era una belleza inusual e impactante, y más todavía porque Katy no parecía ser consciente de ello.

Pero la parte cínica de su cerebro le hizo ver entonces que no se trataba de una florecilla inocente que desconocía su poder, porque había tenido una aventura con un hombre casado y con hijos.

Se preguntó si Katy pensaría que podía mirarle con aquellos ojos verde esmeralda y marcharse de rositas.

Si lo pensaba, entonces no tenía ni idea de a quién se enfrentaba. Lucas llevaba toda la vida entrenando en identificar a las mujeres que consideraban que su belleza era un pasaporte para conseguir lo que querían.

—Por supuesto —Lucas se encogió de hombros—, mi acuerdo saldría volando por los aires, pero ¿tienes idea del daño que te harías a ti misma en el proceso? Una demanda es algo que lleva tiempo. Naturalmente, tus servicios ya no son requeridos en mi empresa y se te dejará de pagar al instante. Y luego está la cuestión de tus costes legales. Considerables.

Katy tenía una expresión de pánico y Lucas se dio cuenta de que estaba disfrutando del espectáculo.

—Eso... eso es ridículo —balbuceó ella—. Si investiga verá que hace años que no tengo contacto con Duncan. Desde que rompimos, de hecho. También averiguará que no le he dicho ni una palabra a nadie sobre el acuerdo con China.

—Solo tengo tu palabra. Y, como he dicho, descubrir si dices la verdad o no llevará tiempo, y por supuesto mientras tanto no cobrarás ni un céntimo al defender tu reputación contra el departamento legal de mi empresa.

—Tengo otro trabajo.

—Y ya hemos quedado en que la enseñanza no paga el alquiler. ¿Y qué colegio estaría dispuesto a contratar a alguien con posibles antecedentes penales?

Katy se sonrojó. La estaba acorralando poco a poco y, con una sensación de rendición ante el inexorable avance del maremoto, dijo finalmente:

—¿Qué quiere que haga?

Lucas se puso de pie y avanzó hacia la pared de cristal que le separaba de la ciudad antes de girarse hacia ella con gesto pensativo.

—Ya te he dicho que esta no es una situación fácil. No puedo echarte de la empresa porque puedes hacerme

daño con información privilegiada –Lucas empezó a recorrer el enorme despacho, obligándola a seguir su proceso. Y durante todo el tiempo no pudo dejar de pensar en que era tan guapo que hacía daño mirarlo. Era alto y bajo su traje a medida se adivinaba un cuerpo atlético.

Katy tenía que hacer un esfuerzo por mantener la atención en lo que le estaba diciendo. ¿Causaría el mismo efecto en todas las mujeres?

–El acuerdo está a punto de cerrarse, y dentro de quince días a lo sumo deberíamos llegar a una conclusión satisfactoria. Pongamos por ejemplo que te creo cuando dices que no has estado cotilleando con tu novio...

–Ya le he dicho que hace años que no hablo con Duncan. Y para su información, rompimos porque me enteré de que estaba casado. No soy la clase de persona a la que se le ocurriría salir con un casado...

–No me interesa –la interrumpió él–. Lo único que me importa es cómo afrontar esta situación para que resulte satisfactoria para mí. Por lo que a mí respecta, puedes dedicar todo tu tiempo libre a saltar de cama en cama de hombres casados.

Katy abrió la boca, pero se lo pensó mejor antes de defenderse, porque no la llevaría a ningún sitio. Ya estaba juzgada y condenada.

–Es imprescindible que cualquier información sensible a la que hayas tenido acceso no se comparta, y la única manera de conseguirlo es que estés incomunicada del mundo exterior. Por lo tanto, eso es lo que va a pasar durante los próximos quince días, hasta que mi acuerdo esté cerrado.

–Lo siento, señor Cipriani, pero no le sigo.

–¿Qué parte exactamente no entiendes?

–La de las dos semanas. ¿Qué quiere decir con eso?

–Está claro como el agua. No vas a hablar con nadie, y nadie es nadie, durante las siguientes dos semanas hasta

que tenga todas las firmas que necesito. En ese momento podrás regresar o no a tu puesto de trabajo en Shoreditch y los dos podremos olvidar este desafortunado incidente. ¿He hablado con suficiente claridad? Y cuando digo «incomunicada» me refiero a que no tendrás móvil ni ordenador. Para decirlo brevemente, estarás bajo vigilancia hasta que ya no puedas suponer un peligro para mí.

–¡Pero no puede hablar en serio! ¿Bajo vigilancia? ¿Qué significa eso? No puede... secuestrarme durante semanas porque tenga un acuerdo que cerrar. ¡Eso es un delito!

Lucas había dejado de dar vueltas en círculo y ahora se cernía sobre ella con gesto amenazante.

–Incendiarias palabras –se inclinó sobre Katy y apoyó ambas manos en los reposabrazos del sillón, acorralándola. El poder de su personalidad resultaba tan agobiante que Katy tuvo que hacer un esfuerzo para acordarse de respirar.

–No voy a secuestrarte –continuó Lucas–. Nada más lejos de la realidad. Puedes salir de aquí, pero ya conoces las consecuencias. El simple proceso de consultar a un abogado supondrá una factura que estoy seguro que no puedes permitirte. Por no mencionar el tufillo a desempleo que te llevarás contigo al final de un proceso largo y tortuoso. Soy un hombre extremadamente poderoso, Katy. Haznos un favor a los dos y no me enfades.

–Arrogante –Katy entornó sus ojos verdes en un despliegue de valentía que estaba muy lejos de sentir–. Eso es lo que es usted, señor Cipriani. Un arrogante y un abusón.

Los ojos de Katy se cruzaron con los de Lucas, que echaban chispas de lava, y su rabia quedó eclipsada por un instante por una sensación de ahogo que le dificultó la respiración.

Lucas dirigió la mirada hacia sus sensuales labios y

durante un segundo se sintió abrumado por la absurda y urgente necesidad de aplastarlos con su boca. Se incorporó y volvió a sentarse tras el escritorio.

–Supongo que estás empezando a entender la situación –comentó con sequedad.

–Esto no es ético –murmuró Katy entre dientes. Le miraba con patente hostilidad.

–Es perfectamente ético, aunque un poco inusual. Pero nunca me había visto en la posición de desconfiar respecto a la lealtad de ninguno de mis empleados. Les pago por encima del precio del mercado y eso normalmente funciona. Esto es nuevo para mí.

–No puedo estar bajo vigilancia durante dos semanas. ¡No soy un insecto en un bote de cristal! Además, tengo responsabilidades en el colegio.

–Eso se soluciona con una simple llamada de teléfono. Si quieres, puedo hacerla yo mismo. Solo tienes que informar de que por circunstancias personales no podrás asistir durante las próximas dos semanas. Lo mismo vale para familiares, novios y mascotas.

–No me puedo creer que esto esté pasando. ¿Cómo lo va a organizar?

–Es muy sencillo –Lucas se inclinó hacia delante–. Estarás alojada en un lugar sin teléfono ni ordenador personal durante quince días. Puedes considerarlo como unas agradables vacaciones sin la interrupción de ningún aparato.

–¿Unas agradables vacaciones? –a Katy le costaba respirar y se le desbordó la imaginación con todo tipo de escenarios espantosos.

Lucas tuvo al menos el detalle de sonrojarse ligeramente antes de encogerse de hombros.

–Te aseguro que tu alojamiento será de primera calidad. Lo único que tienes que llevar es tu ropa. Se te permitirá volver a tu casa, a tu apartamento o donde sea

que vivas para que puedas hacer una maleta con lo que necesitas.

—¿A dónde diablos voy a ir? Esto es una locura.

—Ya te he dicho antes cuál es la alternativa —Lucas se encogió de hombros con elegancia.

—Pero ¿dónde me van a llevar?

—Todavía está por decidir. Hay muchas opciones. Baste con decir que no necesitarás llevar ropa de invierno.

Lo cierto era que no había pensado demasiado en ello. Su plan era delegar en otra persona la responsabilidad de encargarse de aquel dolor de cabeza. Sin embargo, la idea de encargarse personalmente de Katy no le parecía mal.

¿Por qué enviar a un chico a hacer el trabajo de un hombre? Katy era descarada, peleona, obstinada. En definitiva, tan impredecible como un barril de dinamita, y no podía confiar aquel encargo a ninguno de sus chicos.

También era peligrosamente guapa, y no tenía ningún reparo a la hora de divertirse con un hombre casado. Ella lo negaba, pero el veredicto del jurado era unánime en esa ocasión.

Peligrosamente guapa, rebelde y carente de moral era una receta para el desastre. Lucas la miró con desconfianza. Sinceramente, no se le ocurría nadie que pudiera manejar aquello. Él tenía planeado desaparecer durante una semana más o menos para consolidar los últimos detalles del acuerdo sin que le interrumpieran constantemente, y con más razón todavía desde la brecha en la seguridad. Podría matar fácilmente dos pájaros de un tiro en lugar de delegar el trabajo.

—Vamos al grano —Lucas presionó el intercomunicador para hablar con su asistente.

En medio de una nebulosa de confusión y con la sensación de estar inmersa en el ciclo de centrifugado de una lavadora, Katy escuchó que le estaba pidiendo a

la mujer que la había acompañado antes al despacho que se reuniera con ellos en quince minutos.

–Vicky, mi secretaria, va a acompañarte a tu casa y a supervisar lo que te vas a llevar. También estará delante cuando llames a las personas que tienes que llamar. Tendrás que decirle quiénes son.

–Esto es ridículo. Me siento como la protagonista de una mala película de espías.

–No seas melodramática, Katy. Solo estoy tomando algunas precauciones para salvaguardar los intereses de mi empresa. Cuando tengas el equipaje hecho y hayas hecho un par de llamadas, un chófer te volverá a traer aquí.

–¿Es usted siempre así de frío?

–¿Y tú eres siempre tan descarada?

Unos ojos negros como la noche chocaron contra los de color esmeralda de Katy. Sintió un estremecimiento y, de pronto, inexplicablemente, fue consciente de su cuerpo como nunca antes en su vida. Lo sentía pesado y sensible, caliente y tirante, como si las piernas se le hubieran transformado de pronto en plomo. Se le secó la boca y durante unos segundos se le quedó la mente completamente en blanco.

–Es lo que pienso, así que ¿por qué no voy a decirlo? Mientras no ofendamos, todos tenemos derecho a expresar nuestra opinión –hizo una breve pausa y alzó la barbilla en un gesto desafiante–. Creo que he respondido a su pregunta.

Lucas gruñó. Ni siquiera las mujeres que detentaban poder que entraban y salían de su vida tenían por costumbre estar en desacuerdo con él, y mucho menos criticarle. Ninguna lo hacía.

–Y para responder a la tuya –dijo con sequedad–, soy frío cuando la ocasión lo requiere. Esto no es una visita social. Estás aquí porque ha surgido un problema

que hay que resolver y tú eres la raíz de ese problema. Te lo aseguro, Katy, dadas las circunstancias adecuadas soy todo lo contrario a frío.

Y entonces sonrió. Fue una sonrisa lenta e indolente y los sentidos de Katy se dispararon. Se humedeció los labios y el cuerpo se le puso tenso mientras se inclinaba hacia delante en el sillón, agarrándose a los reposabrazos como si fuera un salvavidas.

Aquella sonrisa.

Parecía dirigirse a partes de ella que no sabía ni que existían, y tuvo que hacer un esfuerzo para recordar que aquel hombre la estaba insultando y que aquella sonrisa tan sexy no iba dirigida a ella. Estaría pensando en su novia, y por eso sonreía así.

–Así que me va a encerrar en algún lado –Katy consiguió finalmente hablar–, en unas vacaciones de dos semanas, seguramente con los mismos guardaespaldas que me trajeron a su despacho, donde no se me permitirá hacer nada porque no tendré ni el ordenador ni el móvil. Y, cuando haya cerrado su acuerdo, vendrán a recogerme si es que he sobrevivido a la experiencia.

–No es necesario ser tan melodramática –Lucas se pasó la mano por el pelo y pensó que tal vez habría podido enfocar el asunto de otro modo.

No. Había tomado el único camino posible. Lo único que ocurría era que estaba tratando con alguien que no tenía los pies tan plantados en la tierra como él.

–No habrá guardaespaldas.

–Claro, supongo que sería demasiado arriesgado encerrarme con hombres que no conozco. Aunque me da igual que los carceleros sean hombres o mujeres. En cualquier caso estaré prisionera en una celda.

Lucas aspiró con fuerza el aire y se contuvo. Él nunca jamás perdía los nervios.

–Nada de carceleros –murmuró apretando los dien-

tes–. Vas a estar conmigo. No confío en que nadie más pueda tenerte vigilada.

–¿Con usted? –Katy sintió un rayo eléctrico. El corazón se le aceleró y le costó trabajo respirar. ¿Atrapada en algún lugar con él? Y sin embargo la idea, que debería haberla horrorizado, despertó en ella una oscura curiosidad.

–No tengo intención de interactuar de ninguna manera contigo. Simplemente, serás mi responsabilidad durante dos semanas y me aseguraré de que no tengas ningún contacto con el exterior hasta que el acuerdo se haya firmado. Y, por favor, no me digas que la idea de estar sin móvil y sin ordenador unos cuantos días es una especie de tortura, una experiencia a la que tal vez no logres sobrevivir. Es posible vivir sin artilugios durante dos semanas.

–¿Usted podría? –preguntó ella, pero su mente rebelde estaba en otro sitio, en un lugar en el que no debería.

–Esto no se trata de mí. Llévate los libros que quieras, o una labor de costura, o cualquier cosa que te guste hacer, y tómatelo como algo positivo, un inesperado tiempo libre durante el que te seguirán pagando. Si te resulta difícil disfrutar de la experiencia, siempre puedes considerar la alternativa: demanda judicial, costes legales y sin trabajo.

Katy apretó los puños. Quería contestarle algo, pero en el fondo sabía que aquel hombre era la última persona del planeta con la que le convenía estar en contra. Así que se escuchó decir a través de su ira:

–De acuerdo.

Parpadeó y vio que Lucas la estaba mirando fijamente con las manos metidas en los bolsillos del pantalón. Se puso de pie con torpeza y sonrió con cortesía a su secretaria, que le devolvió a su vez la sonrisa.

Lucas había expuesto una cadena de acontecimien-

tos, pero ella no le estaba escuchando, y ahora no sabía
qué iba a pasar a continuación.

–Tengo que llamar a mis padres –dijo con tono ner-
vioso. Lucas inclinó la cabeza hacia un lado con el
ceño fruncido.

–Por supuesto.

–Hablo con ellos todas las noches.

Lucas frunció todavía más el ceño, aquello le parecía excesivo para una joven de veintipocos años. No
encajaba con la imagen de chica desinhibida que había
tenido una tórrida aventura con un hombre casado.

–Y no tengo mascotas –Katy agarró su mochila del
suelo y se dirigió hacia la puerta envuelta en la misma
neblina que se había apoderado de ella desde que la
secretaria entró en el despacho.

–Katy...

–¿Sí? –ella parpadeó y subió la cabeza para mirarle.
Solo medía un metro sesenta de altura y llevaba zapatos planos, así que tuvo que inclinar el cuello hacia atrás.
El pelo le caía por la espalda como una cascada de color.
Lucas era un hombre grande y sintió que podría guardár-
sela en el bolsillo. Era delicada, de facciones finas y
cuerpo esbelto bajo la amplia camiseta blanca. ¿Sería esa
la razón por la que se sentía ablandado tras la dura experiencia que le estaba haciendo pasar? Nunca en su vida
había hecho nada que fuera contra su conciencia, siempre había actuado de manera justa y decente con la gente.
Sí, podía ser despiadado, pero nunca de un modo injusto.
Y, sin embargo, ahora se sentía un poco culpable.

–No te lo tomes a mal –dijo con voz tensa. Aquello
era a lo más que podía llegar. Era desconfiado por naturaleza, y la situación tenía todas las trazas de ser peligrosa, porque lo único que tenía que hacer Katy era
contarle lo que sabía a su ex. Pero algo alimentó una
inesperada respuesta en Lucas. Ahora que la estaba

mirando, se fijó en que los ojos de Katy tenían una mezcla de verde y turquesa–. Esto no es un juicio con tortura. Solo es una manera de afrontar un problema potencial. No vas a pasarte quince días sufriendo, ni debes temer que yo vaya a estar siguiéndote todo el día. De hecho, apenas notarás mi presencia. Estaré todo el día trabajando y serás libre de hacer lo que quieras. Sin las herramientas para comunicarte con el mundo exterior.

–¡Pero ni siquiera sé dónde voy! –exclamó Katy agarrándose a aquel pequeño atisbo de simpatía antes de que desapareciera.

Lucas alzó las cejas y esbozó de nuevo aquella sonrisa, aunque la empatía seguía allí, teñida de un cierto buen humor.

–Considéralo una sorpresa –murmuró–. Un poco como si te hubiera tocado la lotería, aunque mejor todavía si te paras a pensar en la alternativa –asintió mirando a su secretaria y luego consultó la hora en el reloj–. Dos horas, Vicky. ¿Crees que será suficiente?

–Creo que sí.

–En ese caso, os veré a las dos en breve. Y Katy... ni se te ocurra pensar en darte a la fuga.

Durante la siguiente hora y media, Katy tuvo la experiencia de lo que suponía estar prisionera. Sí, Lucas podía llamarlo como quisiera, pero iba a estar prisionera. Le tuvo que entregar el móvil a su secretaria, que era brusca pero amable, y no parecía encontrar nada extraño en las instrucciones de su jefe.

Guardó algo de ropa sin saber dónde iba a ir. Todavía era primavera aunque se acercaban ya al verano, así que metió en la maleta ropa ligera y una chaqueta por si la llevaban a algún lugar fresco.

Aunque seguramente no podría saber qué tiempo

hacía porque estaría encerrada en una habitación sin
vistas y con barrotes.

Y, sin embargo, a pesar de toda su rabia y frustración, en cierto modo entendía por qué Lucas había reac-
cionado así. Estaba claro que lo único que le interesaba
a Lucas Cipriani era ganar dinero y cerrar tratos. Y, si
ese era el más importante de su carrera, como parecía
ser ya que suponía entrar de puntillas en el mercado
oriental, entonces haría cualquier cosa para salvaguardar sus intereses.

Ella era un pececito completamente prescindible en
un enorme lago en el que Lucas era el rey depredador
del agua.

Y el hecho de que Katy conociera a alguien en la
empresa que estaba a punto de absorber significaba que
tenía el poder potencial de pasar información importante y potencialmente explosiva.

Siendo como era, Lucas Cipriani nunca se creería que
no tenía ninguna relación actualmente con Duncan Powell
porque era desconfiado, hambriento de poder, arrogante y
la arrojaría tranquilamente a los tiburones si eso le convenía, porque además era frío y carente de emociones.

–¿Dónde me llevan? –le preguntó a Vicky cuando
volvieron a subirse al coche que las había llevado a su
apartamento–. ¿O me van a vendar los ojos hasta que
lleguemos allí?

–A un campo a las afueras de Londres –Vicky sonrió–. El señor Cipriani tiene allí su medio de transporte
privado. Y no, no te taparemos los ojos en ningún momento del viaje.

Katy guardó silencio y se quedó mirando el paisaje
mientras el coche salía de Londres y tomaba una ruta
desconocida para ella. Apenas salía de la capital a menos que fuera para tomar el tren e ir a ver a sus padres
a Yorkshire y a sus amigos que todavía vivían por la

zona. No tenía coche, así que salir de Londres no era una opción. Aunque en un par de ocasiones había ido con Tim y algunas personas más a Brighton de vacaciones, los cinco metidos en el coche como sardinas en lata.

No había pensado en lo que supondría estar atrapada en una habitación con Lucas actuando de guardián, pero ahora volvía a sentir aquel cosquilleo.

¿Habría más gente, o estarían ellos dos solos?

Le odiaba. Odiaba su arrogancia y el modo en que daba por hecho que el mundo debía ponerse firme cada vez que él quería. Era el jefe que nunca hacía un esfuerzo por interactuar con los empleados que estaban por debajo de él. Les pagaba bien no porque fuera un hombre considerado y justo que creyera en recompensar el trabajo duro, sino porque sabía que el dinero compraba la lealtad, y era más fácil que un empleado leal hiciera exactamente lo que se le pedía sin hacer preguntas.

Katy confiaba en que estuviera diciendo la verdad cuando aseguró que no habría ninguna interacción entre ellos, porque no se le ocurría nada de lo que pudieran hablar.

Luego pensó en la idea de verle más allá de las paredes de la oficina. Algo dentro de ella se estremeció y volvió a sentir escalofríos. No lo entendía, porque aquel hombre no le caía bien.

Salió de sus pensamientos y se dio cuenta de que habían abandonado la carretera principal y entraban en un enorme aparcamiento con un edificio que daba a una pista de aterrizaje.

–Si miras a la derecha verás el jet privado de Lucas. Es el negro –murmuró Vicky–. Pero hoy vas a viajar en helicóptero.

¿Jet? ¿Helicóptero? Katy parpadeó dos veces. Deslizó la mirada del jet privado al helicóptero y allí estaba él, apoyado con indolencia contra un helicóptero negro y

plateado, con los ojos cubiertos por unas gafas de sol para protegerse de los rayos de sol de primera hora de la tarde.

Se le secó la boca. La estaba mirando a través de aquellas gafas. Katy contuvo el aliento y el corazón empezó a latirle tan deprisa que se preguntó dónde diablos se estaba metiendo, y todo porque había tropezado con una información que no le importaba lo más mínimo.

No tenía tiempo para entretenerse pensando en las arenas movedizas que se abrían a sus pies, porque el conductor detuvo el coche y se tuvo que bajar. El chófer le llevó el equipaje mientras las aspas del helicóptero empezaban a girar, preparándose para el despegue y lanzando un torbellino de polvo.

Lucas había desaparecido en el interior del helicóptero. Katy deseó desaparecer.

Estaba apresurada, asustada y de mal humor porque no había tenido tiempo de ducharse y los vaqueros y la camiseta se le pegaban al cuerpo. Cuando habló con su madre por teléfono bajo la atenta mirada de Vicky, le contó una vaga excusa diciendo que se la llevaban a una casa de campo a hacer un trabajo importante en la que no habría buena comunicación, así que no debían preocuparse si el contacto era esporádico. Había hecho que sonara como una emocionante aventura porque sus padres tenían tendencia a preocuparse por ella.

No se había imaginado que terminaría siendo arrojada a algún lado.

Creía que la llevarían por tortuosas carreteras hasta un gallinero en medio de la nada sin acceso a Internet. No se le había ocurrido tomarse aquello como unas vacaciones inesperadas, a menos que un encarcelamiento pudiera considerarse vacaciones.

La ayudaron a subir a lo que parecía ser un aparato mucho más grande que un helicóptero normal, pero Katy seguía con el gesto torcido.

Lucas tuvo que gritar para que le oyera. Cuando el helicóptero se elevó y empezó a gritar, exclamó:

–Qué maleta tan pequeña. ¿Dónde has guardado los libros, los cuadernos de dibujo y las acuarelas?

Katy apretó los dientes, pero no dijo nada. Lucas se rio y alzó las cejas.

–¿O has decidido seguir el camino de los mártires mientras estás prisionera contra tu voluntad? Ni libros, ni acuarelas... y seguro que te sientes tentada a iniciar una huelga de hambre.

Ella apretó los puños además de las mandíbulas y le miró fijamente, pero Lucas ya había apartado la vista y estaba repasando los papeles que tenía en el regazo. Solo alzó la mirada cuando Katy se inclinó hacia delante y alzó la voz para que pudiera oírla.

–¿Adónde me lleva?

–Seguro que ya has imaginado varios destinos –respondió él como si para colmo fuera capaz de leerle la mente–. Así que en vez de decírtelo dejaré que sigas pensando tus escenarios ficticios, porque sospecho que el lugar al que vas solo puede ser mejor que todos aquellos que has estado imaginando. Pero para tranquilizarte un poco...

Lucas dio una palmadita al bolsillo de la chaqueta de lino que estaba colocada en el asiento de al lado.

–Tu móvil está aquí a salvo. En cuanto aterricemos puedes decirme tu contraseña para que pueda echarle un vistazo de vez en cuando y asegurarme de que no hay mensajes urgentes de esos padres a los que tienes por costumbre llamar todos los días...

–¿O de un exnovio casado? –Katy no pudo resistir la tentación de pinchar al tigre dormido, y él la miró con frialdad bajo sus largas y oscuras pestañas.

–O de un exnovio casado –repitió Lucas burlón–. En mi opinión, toda precaución es poca. Y ahora, ¿por qué no me dejas trabajar y disfrutas del vuelo?

Capítulo 3

EL VUELO duró probablemente horas, y a Katy se le hizo interminable. Trató de no pensar en que Lucas estaba sentado tan cerca de ella. Cuando el helicóptero empezó a descender girando, lo único que pudo ver fue una enorme extensión de mar azul.

Asustada y maravillada, miró a Lucas, que no había levantado la vista de los papeles, y cuando por fin lo hizo no fue para mirarla a ella.

Tras una breve aproximación, el helicóptero aterrizó con delicadeza y entonces Katy pudo ver lo que se había perdido antes.

Aquello no era un gallinero destartalado.

Lucas se quitó el cinturón de seguridad y luego esperó pacientemente a que ella hiciera lo mismo. Luego se giró hacia el piloto, intercambiaron unas cuantas palabras y después se puso de pie, retirándose un poco para que Katy saliera por la puerta y subiera al enorme yate en el que había aterrizado el helicóptero.

Allí hacía mucho más calor y los últimos rayos del sol revelaban que el yate estaba anclado a cierta distancia de tierra firme. No había ninguna otra embarcación alrededor. El barco era lo bastante grande como para ser un crucero pequeño: estilizado, afilado y tan impresionante que resultaba imposible no quedarse maravillada.

La oscura duna de tierra se alzaba a lo lejos, revelando algunos destellos de luz que se filtraban entre los árboles y el denso follaje que subía por la parte inclinada de la isla.

Katy siguió a Lucas mientras el helicóptero alzaba de nuevo el vuelo para alejarse entre el ensordecedor ruido de las aspas. Y luego dejó de escucharlo por completo porque habían dejado el helipuerto de la cubierta superior del yate y estaban entrando.

–¿Qué se siente al estar prisionera contra tu voluntad en una celda cochambrosa? –bromeó Lucas sin mirarla. Se dirigía directamente hacia una amplia zona de madera pulida y muebles de cuero de color crema.

Una mujer bajita y regordeta salió a toda prisa a recibirlos con una sonrisa en la cara y hablaron entre ellos en italiano.

Lucas le presentó a Katy a la mujer, *signora Maria*, la cocinera de a bordo.

Pero en lo único en que podía fijarse era en el impactante esplendor del lugar donde se hallaba. Estaba a bordo del juguete de un multimillonario, y eso la hizo sentir en cierto modo más nerviosa que si la hubieran arrojado al almacén que había visualizado en su imaginación.

Katy sabía que era un hombre rico, pero cuando se era tan rico como para poseer un yate de ese calibre, entonces uno podía hacer lo que le viniera en gana. Cuando la amenazó con un proceso legal, no era una amenaza vana.

Katy decidió que no iba a dejarse acobardar por aquel despliegue. No era culpable de nada y no permitiría que la trataran como a una delincuente solo porque Lucas Cipriani fuera desconfiado por naturaleza.

Sus padres siempre la habían animado a decir lo que pensaba y no iba a convertirse en una muñeca de trapo por sentirse abrumada por el lujo que la rodeaba.

–Maria te mostrará tu suite –Lucas se giró hacia ella y recorrió su cuerpo con la mirada sin expresión alguna–. Allí encontrarás todo lo que necesitas, incluido un baño incorporado. Te gustará saber que no hay cerradura por fuera, así que eres libre de entrar y salir cuando quieras.

–No es necesario ser tan sarcástico –le dijo Katy con los labios apretados. Clavó la mirada en él, pero la apartó al instante por miedo a quedarse prendada de la belleza morena de su rostro.

–Una corrección: es absolutamente necesario ser sarcástico después de que tú hayas utilizado términos como «secuestro». Te dije que deberías ver la parte buena y tomarte esto como unas vacaciones de dos semanas pagadas –Lucas despidió a Maria con una breve inclinación de cabeza. Luego se metió las manos en los bolsillos y miró fijamente a Katy–. Ya que no has traído libros, verás que hay un cine casero con una buena selección de películas. También hay dos piscinas, una interior y otra en la cubierta superior. Y, por supuesto, una biblioteca por si decides que leer es una buena opción a falta de ordenador.

–No es usted muy amable, ¿verdad?

–La gente amable suele llegar la última, y ese es un galardón que estoy encantado de no recibir. No te vendría mal recordarlo.

Katy entornó la mirada ante la amargura de su voz. ¿Estaba hablando por propia experiencia? ¿Qué experiencia? No quería tener curiosidad por él, pero de pronto no podía evitarlo. Durante un instante se dio cuenta de que bajo aquel barniz frío y despiadado habría todo tipo de razones para que fuera el hombre que era.

–La gente amable no siempre llega la última –murmuró Katy con sinceridad.

–Claro que sí –insistió Lucas con tono frío mirándola fijamente como si fuera un bicho raro–. Se envuelven en un sentimentalismo absurdo y en las emociones y se exponen a que los exploten, así que, por favor, no se te ocurra pensar que caeré en esa trampa mientras estás aquí.

–¿En la de ser explotado? –Katy se dio cuenta de que estaba conteniendo la respiración mientras esperaba su respuesta.

–¿Es esa la voz de una mujer intentando averiguar cuál es mi punto flaco? –Lucas alzó las cejas con gesto burlón y empezó a caminar–. Muchas lo han intentado y han fracasado en el intento, así que yo no me molestaría si fuera tú.

–Es muy arrogante por su parte pensar que quiero averiguar cosas sobre usted –murmuró Katy–. Pero, como bien me ha recordado, vamos a estar encerrados juntos durante las próximas dos semanas. Solo intentaba mantener una conversación.

–Ya te dije que no tengo pensado estar mucho por aquí. Y, cuando hablemos, puede ser simplemente una charla banal.

–Lo siento –Katy suspiró y se colocó la melena en un hombro–. Aunque no lo parezca, por una parte entiendo que me haya arrastrado hasta aquí.

–Bueno, arrastrar ya es mejor que secuestrar –reconoció Lucas.

–Estoy muy cansada, sucia y me parece que fue hace una eternidad cuando estaba sentada a mi mesa de trabajo. No estoy del mejor de los humores.

–No puedo imaginarte sentada tranquila en ningún sitio. Tal vez he fallado al no ir a ver qué hacen mis empleados. ¿Qué te parece? ¿Debería bajar de mi torre de marfil y echar un vistazo para saber quiénes están haciendo laboriosamente su trabajo y quiénes están perdiendo el tiempo?

Katy se puso roja. La voz de Lucas sonaba de pronto indolente y seductora, y el pulso se le aceleró en respuesta. ¿Cómo podía ser tan frío y arrogante y un minuto después hacer que se le subiera la sangre a la cabeza al ver que era capaz de reírse de sí mismo de forma inesperada?

Katy no sabía si se debía a que la habían arrancado de su zona de confort, pero Lucas la encendía y la apagaba como un interruptor, y eso la inquietaba.

Cuando se recuperó de la historia de Duncan se dio cuenta de que la había ayudado a mirar en la dirección correcta respecto a los hombres: quería alguien con los pies en la tierra, de buen carácter, auténtico. Alguien normal. Cuando encontrara a ese hombre todo lo demás encajaría en su sitio, y le horrorizaba que alguien como Lucas Cipriani tuviera aquel efecto en ella. No tenía sentido y no le gustaba.

—Creo que mi opinión no tiene ninguna importancia —dijo con tono ligero—. No puedo hablar por los demás, pero nadie en mi departamento espera que baje a hacernos una visita.

—Desde luego sabes cómo dar golpes bajos —respondió él con sarcasmo—. ¿Es ese tu estilo habitual con los hombres?

—Usted no es un hombre.

Lucas soltó una carcajada ronca que puso todos los sentidos de Katy en alerta y le aceleró el pulso.

—¿Ah, no? —murmuró muy serio—. Vaya, qué equivocado estaba.

—Ya sabe a lo que me refiero —Katy apartó la vista, confundida.

—No, no lo sé. Explícate —aquella no era la conversación banal que Lucas tenía en mente, pero lo cierto era que se estaba divirtiendo—. Si no soy un hombre, entonces, ¿qué soy?

—Eres... eres mi secuestrador —afirmó ella atreviéndose a tutearle.

Lucas sonrió.

—Esa no es una respuesta, pero lo dejaré pasar. Además, creía que ya habíamos superado la analogía del secuestro.

Katy no respondió. Estaba siendo amable, bromeando con ella. Sabía que seguramente no confiaba todavía en ella, pero Lucas era un hombre sofisticado y de mundo y

seguramente conocía los beneficios de aliviar tensiones y ponerla de su parte. Se había visto metido en aquella situación, igual que ella, pero no estaba montando números coléricos. No tenía interés en mantener conversaciones profundas porque no estaba interesado en ella ni tenía ningún deseo de saber nada de su vida aparte de lo que pudiera impactar en el acuerdo empresarial. Pero sería educado ahora que le había contado con claridad cuál era la situación. Se había reído cuando Katy le dijo que era su secuestrador, pero lo era, y él estaba al mando.

En lugar de estar enfadada y molesta, Katy tendría que entrar al trapo y actuar de la misma forma.

Habían llegado a la cocina, y Katy miró a su alrededor.

–Esto es maravilloso –pasó los dedos por la encimera–. ¿Dónde está Maria? –preguntó mientras veía a Lucas acercarse a la enorme nevera y sacar una botella de vino.

Sirvió dos vasos y señaló con la cabeza hacia las sillas de respaldo alto cuidadosamente metidas bajo la mesa de metal de la cocina. Katy se sentó y se bebió el vino muy despacio porque no estaba acostumbrada a beber.

–Tiene sus propios aposentos en la cubierta inferior. Le he pedido que se fuera para que no estuviera por aquí escuchando una conversación que le resultaría extraña. Aunque no entendiera el significado, habría captado el quid de la cuestión sin demasiada dificultad.

Lucas se sentó frente a ella.

–Me resulta extraño estar en este yate solo con otra persona. Normalmente lo utilizo para entretener a los clientes y de vez en cuando para reuniones sociales. En circunstancias normales habría más miembros de la tripulación presentes, pero no parece necesario que haya más gente. Maria limpiará y preparará la comida.

–¿Ella sabe por qué estoy aquí?

–¿Por qué iba a saberlo? –Lucas parecía realmente

sorprendido–. No es asunto suyo. Se le paga muy bien por realizar un trabajo, no para hacer preguntas.

–Pero ¿no tendrá curiosidad? –no pudo evitar preguntar Katy.

Lucas se encogió de hombros.

–¿Y a mí qué más me da?

–Tal vez a ti te dé igual –respondió Katy con sarcasmo–. Pero tal vez a mí no. No quiero que piense que yo... que yo...

–¿Qué?

–No me gustaría que pensara que soy una de las mujeres que traes aquí para divertirte.

Lucas soltó una carcajada. Cuando dejó de reírse la miró fríamente.

–¿Qué te importa lo que mi cocinera piense de ti? No volverás a verla cuando pasen estas dos semanas. Además... –Lucas le dio un sorbo a su vaso de vino y la miró por encima del borde–. Muchas veces me llevo a Maria a mi casa de Londres y en ocasiones a la de Nueva York. Ha visto muchas mujeres conmigo a lo largo de los años y sabe que tú no encajas en el molde.

Katy se lo quedó mirando, molesta y avergonzada, porque al final le había dado a Lucas la impresión de... ¿De qué? ¿De que creía que podía gustarle? ¿Que temía que su preciosa virtud quedara en entredicho por estar a solas con él en su yate, cuando solo se encontraba allí debido a las circunstancias? Se trataba de un lugar de lujo, pero aquello no era un hotel de cinco estrellas en compañía del hombre de sus sueños. Era una prisión y él su carcelero... ¿y desde cuándo los carceleros sentían atracción por sus prisioneras?

–¿No encajo en el molde? –se escuchó repetir con voz extraña.

Lucas pareció pensárselo unos instantes antes de asentir.

–Maria lleva mucho tiempo conmigo –aseguró sin rastro de incomodidad–. Ha conocido a muchas de las mujeres que han estado conmigo. No negaré que tienes cierto atractivo, pero no eres mi tipo, y ella es lo bastante astuta para saberlo. No sé qué pensará, pero seguramente crea que estás aquí por motivos de trabajo. De hecho, he utilizado a veces este espacio para trabajar con mis socios cuando necesitaba máxima intimidad para mis transacciones.

«Tienes cierto atractivo». El cerebro de Katy se había detenido con aquel comentario. ¿Por qué la hacía sentir tan ruborizada si dos segundos atrás había decidido no permitir que Lucas pudiera con ella? Quería ser tan fría y contenida como él, pero estaba completamente disipada.

¿A qué se debía? ¿Sería por las extrañas circunstancias que los habían unido? Lucas era sexy y poderoso, pero seguía siendo un hombre, y la atención de los hombres la dejaba fría después de lo sucedido con Duncan. Entonces, ¿por qué media frase de un hombre que no estaba interesado en ella la dejaba temblorosa?

Obligó a su mente a dar unos cuantos pasos hacia delante y dijo con tono desmayado:

–No sabía que los hombres tuvieran un tipo en particular.

Pero no era eso lo que quería decir. En realidad, su intención era preguntarle cuál era su tipo.

Los hombres ricos siempre salían en las revistas con mujeres colgando del brazo como trofeos. Los hombres ricos llevaban vidas que siempre estaban bajo la lupa, porque a la gente le encantaba leer sobre el estilo de vida de los ricos y famosos, pero Katy no recordaba haber leído ningún escándalo relacionado con Lucas Cipriani.

–Todos los hombres tienen un tipo –aseguró Lucas. Él lo tenía y sabía cuál era la razón. Consideraba aquel conocimiento como poder. Nunca caería víctima del tipo de

mujer manipuladora que había tenido su padre. Siempre mantendría el control de su destino emocional. Nunca había tenido una conversación de aquel tipo con ninguna mujer en su vida, pero una vez más su relación con ellas se dirigía siempre por dos únicos carriles. Había una conexión sexual o bien laboral.

Katy no cumplía ninguno de los dos requisitos. Sí, trabajaba para él, pero no era su igual en ningún sentido ni forma.

Y allí no había ninguna conexión sexual.

Al pensar aquello apartó la mirada de su rostro y se fijó en el escote y en la delicada fragilidad de sus brazos. Era realmente menuda. Un viento fuerte podría derribarla. Era la clase de mujer que despertaba el instinto de protección de los hombres.

Le había parecido un momento tan bueno como otro cualquiera para recordar qué clase de mujeres le gustaban a él, se dijo, y de paso comentárselo también a ella. Porque aparte de la cocinera solo estaban ellos dos a bordo del yate y no quería que Katy se hiciera ninguna idea equivocada.

Era una chica corriente que de pronto se veía inmersa en un mundo de lujo extremo. Tenía suficientes años de experiencia como para saber que muchas mujeres se volvían locas ante la presencia de la riqueza.

–Este es mi tipo –murmuró Lucas rellenando ambos vasos e inclinándose hacia ella. Se dio cuenta de que Katy se echaba instintivamente hacia atrás y le hizo gracia–. No me gustan las pesadas. No me gustan las cazafortunas, las frívolas ni ninguna mujer que crea que puede tener libre acceso a mis cuentas bancarias. Pero sobre todo no me gustan las mujeres que exigen más de lo que soy capaz de darles. Llevo una vida laboral de mucha presión. En lo que se refiere a mi vida privada, me gusta que las mujeres sean tranquilizadoras y sumi-

sas. Disfruto de la compañía de mujeres profesionales con buenos puestos cuya independencia vaya acorde con la mía. Conocen las reglas del juego y nunca hay desagradables malentendidos.

Lucas pensó en la última mujer que había pasado por su vida, una belleza de pelo negro que destacaba en el mundo del derecho internacional. Al final tenían sus respectivas agendas tan ocupadas que solo estuvieron juntos seis meses, aunque para ser sincero, él tampoco quería más. Hasta la mujer más inteligente e independiente tenía fecha de caducidad en su vida.

Katy estaba tratando de imaginarse a aquellas mujeres de altos vuelos que no exigían nada y al mismo tiempo se mostraban tranquilizadoras y sumisas.

–¿Qué es lo que las mujeres te pueden pedir y que tú no eres capaz de darles? –le preguntó siguiendo un impulso.

Lucas frunció el ceño.

–¿Perdona?

–Has dicho que no te gustan las mujeres que exigen más de lo que eres capaz de darles. ¿Te refieres al amor y al compromiso?

–Bien visto –murmuró Lucas–. Esas dos cosas están fuera de la agenda. Lo que busco es una relación que suponga un desafío intelectual, y en la que haya también mucha diversión, por supuesto. Y por suerte las mujeres con las que salgo están contentas con el acuerdo.

–¿Cómo lo sabes? Tal vez en realidad quieran más pero no se atreven a decirlo porque tú les has contado que no quieres una relación que implique compromiso.

–Tal vez. ¿Quién sabe? Ya nos estamos metiendo en otra de esas conversaciones profundas –Lucas se puso de pie y se estiró, flexionando los músculos bajo la ropa. Luego colocó las manos sobre la mesa y se inclinó hacia delante–. Te he contado esto porque estamos aquí y no

quiero que se te pase por la cabeza ninguna idea equivocada.

–¿Disculpa?

–Estás aquí porque necesito echarte un ojo y asegurarme de que no hagas nada que pueda poner en peligro un acuerdo en el que llevo trabajando un año y medio –le espetó, aunque no lo hizo con voz seca. A su pesar, estaba fascinado por el modo en que el rostro de Katy podía transmitir lo que estaba pensando, como un brillante faro señalando hacia tierra–. Sé que estás fuera de tu zona de confort y no quiero que se te pasen ideas raras por la cabeza.

Katy entendió entonces lo que estaba diciendo y sintió una oleada de furia. Pero su vocecita interior le susurró que le había estado mirando. ¿Se habría dado cuenta Lucas y por eso decidió cortar de raíz la situación colocando el cartel de *No pasar*? Katy no era su tipo y él le estaba diciendo con amabilidad pero con firmeza que no se le ocurriera pensar lo contrario.

–Tienes razón –Katy se reclinó en la silla y se cruzó de brazos–. Estoy fuera de mi zona de confort y estoy impresionada. ¿Quién no lo estaría? Pero haría falta algo más que un barco grande para que de pronto su dueño se convierta en alguien por quien me pueda sentir atraída.

–¿Eso es así?

–Sí, lo es. Conozco mi sitio y estoy encantada en él. Me preguntaste por qué sigo trabajando en un colegio. Pues porque me gusta dar. Solo trabajo en tu empresa porque el sueldo me permite pagar el alquiler. Si me pagaran más siendo profesora, entonces dejaría este trabajo en un abrir y cerrar de ojos.

Katy pensó que, si seguía así, no tendría que dejar el trabajo porque la iban a despedir.

–No tienes que advertirme de que me aleje y no tienes que temer que de pronto me entren ganas de tener un barco como este...

–Por el amor de Dios, es un yate, no un barco –Lucas pensó que era un buen momento para cambiar de tema–. ¿Tienes hambre? Maria habrá preparado la comida y se sentiría insultada y con razón si no nos comemos lo que haya cocinado. La llamaré para que nos lo sirva, y después te llevará a tus aposentos.

–¿Llamarla?

–La comida no va a aparecer por arte de magia en el plato.

–No me siento cómoda con alguien sirviéndome como si fuera un miembro de la realeza –le dijo Katy con sinceridad–. Si me dices dónde están las cosas, yo puedo hacerlo.

–Tú no estás contratada para el servicio, Katy.

Ella se estremeció al escucharle decir su nombre. Le resultaba... íntimo.

–Esa no es la cuestión –Katy se puso de pie y le miró, esperando a que le diera instrucciones. Pero entonces se dio cuenta de que realmente no tenía ni idea de en qué dirección señalarle. Katy chasqueó la lengua y empezó a abrir cajones y la nevera hasta que encontró unas cazuelitas en el horno. Sentía los oscuros ojos de Lucas siguiendo cada uno de sus movimientos, pero para ella era un alivio que no hubiera llamado a Maria, porque haciendo algo se le calmaban un poco los nervios. En lugar de estar sentada delante de él sudando por el estrés y sin ningún lugar donde posar la mirada excepto en él.

Mantenerse ocupada al menos le daba tiempo para asentar sus pensamientos y perdonarse por comportarse de un modo tan extraño para ella.

Era comprensible: veinticuatro horas atrás estaba haciendo su trabajo y siguiendo su rutina diaria habitual. Y de pronto la habían arrojado con los ojos vendados al fondo de una piscina, era natural que luchara por mantenerse a flote.

Podría aprender algo de aquella situación porque después de Duncan le había resultado difícil ser amable consigo misma. Se había echado la culpa de no haber visto las cosas tal y como eran. ¿Cómo pudo equivocarse tanto después de haberse pasado la vida teniendo cuidado y sabiendo exactamente lo que quería? Se pasó meses castigándose por su error, por no haber visto con claridad la clase de hombre que era. Había crecido con unos padres cariñosos que le habían enseñado buenos valores, entonces, ¿cómo pudo verse atrapada en una relación con un hombre que no tenía ningún valor?

Así que allí estaba ahora, actuando de forma extraña para lo que era ella en compañía de un hombre al que acababa de conocer cinco segundos atrás. Eso no significaba nada y no iba a castigarse por ello. No había nada malo en ella. Era la reacción natural a unas circunstancias excepcionales.

Al mirarla, Lucas pensó que aquella era la clase de escena doméstica que se había pasado la vida evitando. También pensó que, a pesar de lo que había dicho sobre las mujeres profesionales de alto nivel que no querían más de lo que él estaba dispuesto a darles, muchas también habían intentado sacar el tema de tener una relación que fuera más allá de una sucesión de noches de diversión. Lucas siempre cortaba de raíz aquellas conversaciones incómodas. Pero al mirar el modo en que Katy estaba trajinando en la cocina, sintiéndose como en su casa, se le ocurrió que a muchas de sus ex les hubiera encantado hacer lo mismo.

–Me gusta cocinar –le dijo ella llevando la comida a la mesa–. No es solo que me parezca mal hacer venir a Maria para realizar una tarea que yo puedo hacer con facilidad, es que me gusta trajinar por la cocina. Esto huele de maravilla. ¿Es una buena cocinera?

–Tiene mucha experiencia –murmuró Lucas.

–Dime dónde estamos anclados –quiso saber Katy–. Me he dado cuenta de que es una isla. ¿Es muy grande? ¿Tienes una casa aquí?

–La isla es lo bastante grande como para tener los servicios esenciales, y aunque hay algo de turismo, es muy exclusiva, ahí reside su belleza. Y sí, tengo una villa. De hecho, tenía pensado pasar allí un tiempo solo trabajando sin descanso para ultimar el acuerdo sin interrupciones, pero los planes han cambiado.

No se entretuvo en aquello. Estuvo hablando de la isla y luego, en cuanto terminó de comer, se puso de pie y llevó el plato al fregadero. Katy le siguió y se dio cuenta de que su pequeña incursión en la vida doméstica no había durado mucho, porque Lucas se quedó apoyado al lado del fregadero con los brazos cruzados. Ella no pudo evitar que le hiciera gracia. Igual que el modo en que había fruncido el ceño perplejo cuando entró en la cocina. Su obvia falta de interés en cualquier asunto doméstico era algo ridículamente machista y sin embargo también curiosamente tierno. Si es que un hombre como Lucas Cipriani podía ser tierno alguna vez, pensó con cinismo.

–Puedes dejar eso ahí –fue lo único que dijo–. Maria lo limpiará por la mañana.

Katy hizo una pausa y lo miró con una media sonrisa. Al mirarla a ella, Lucas sintió la loca necesidad de... ¿de qué?

Tenía una boca jugosa y suave, lista para besar. Unos labios carnosos y rosados que formaban un mohín natural y sexy. Lucas se preguntó si tendría los pezones del mismo color y aspiró con fuerza el aire, porque una cosa era llevarla allí, pero hacerse ideas sobre cómo sería íntimamente era otra muy distinta.

–Te enseñaré tu camarote –dijo bruscamente saliendo de allí sin esperar mientras ella dejaba a toda prisa los platos en el fregadero antes de seguirle precipitadamente.

«Que esto sea una lección para no sobrepasar la línea», se dijo Katy con firmeza. Habían tenido una conversación banal, como él quería, pero le sería de ayuda recordar que no eran amigos y que su nivel de tolerancia respecto a tener una charla educada no llegaría más lejos.

Al parecer, Lucas acababa de agotar su cuota diaria, a juzgar por la velocidad con la que había salido de la cocina.

–¿Has traído traje de baño? –le preguntó girando la cabeza.

–No –Katy ni siquiera sabía dónde estaba su equipaje.

Resultó que Maria lo había dejado en el camarote que le habían asignado. Lucas abrió la puerta y Katy se quedó quieta durante unos segundos mirando la lujosa suite en la que había una gran cama de matrimonio y vistas al mar a través de los enormes ojos de buey. Lucas la guio hacia una puerta que daba al balcón y ella le siguió y se quedó fuera en aquel enclave imposiblemente romántico. Una suave brisa le alborotó el pelo, y al mirar hacia abajo vio las oscuras olas que chocaban suavemente contra el lateral del yate. Era tan consciente de que Lucas estaba cerca de ella apoyado en la barandilla que apenas podía respirar.

–En ese caso, hay un amplio surtido de trajes de baño y otras prendas de ropa en el vestidor que hay en el camarote de al lado del tuyo. Agarra lo que quieras.

–¿Por qué hay ropa ahí?

–La gente se olvida las cosas. Maria insiste en no tirar nada. He renunciado a intentar convencerla –Lucas se pasó la mano por el pelo y observó cómo Katy entreabría la boca. Volvió a sentir aquella intensa carga física.

–De acuerdo.

–Tienes toda la libertad en mi yate. Yo trabajaré mientras esté aquí y el tiempo pasará volando, siempre y cuando no nos crucemos el uno en el camino del otro...

Capítulo 4

LUCAS miró el documento que llevaba media hora editando y se dio cuenta de que no se había movido de las dos primeras líneas.

En aquel momento, tras tres días de aislamiento forzoso en el yate, debería estar centrado en la intensa carga de trabajo que había llevado consigo. Pero había estado perdiendo el tiempo pensando en la mujer que compartía espacio con él en el yate.

Frustrado, se levantó y se dirigió hacia la ventana para observar la vista panorámica del mar con el ceño fruncido. Cada tono de azul y turquesa combinados en la distancia y la línea azul marino en la que el mar se encontraba con la línea del horizonte. Eran poco más de las tres, y todavía hacía mucho calor. No había apenas brisa que removiera la glaseada superficie del agua.

Había observado aquel mismo horizonte cientos de veces en el pasado, había mirado a través de la ventana de su despacho de la cubierta inferior, y nunca se había sentido tentado para salir de allí al paraíso que esperaba fuera.

Nunca se le había dado bien relajarse, y cuando sucumbía a ello se debía más a la necesidad que a otra cosa. Sentarse al sol sin hacer nada era una pérdida de tiempo para él. En las pocas ocasiones que se había dado un respiro de fin de semana con una mujer con la que le apetecía pasar un rato haciendo turismo, siempre terminaba sintiendo una irreprimible impaciencia.

Era un adicto al trabajo, y las alegrías de no hacer nada no presentaban ningún atractivo para él.

Sí, le estaba resultando difícil concentrarse. Había percibido la delicada belleza de Katy el primer día y creyó que podría archivarla sin más para evitar que le distrajera, pero se había equivocado por completo, porque el efecto que ejercía sobre él crecía cada segundo que pasaba en su compañía.

Había hecho todo lo posible por limitar el tiempo que estaban juntos. Se había recordado a sí mismo que si no fuera por una desafortunada cadena de acontecimientos, aquella mujer no estaría ahora en su yate, pero a pesar de todos sus razonamientos lógicos y mentales para evitarla, su cuerpo permanecía obstinadamente recalcitrante.

Y para colmo, cuanto más tenso se sentía en su compañía, más cómoda parecía encontrarse ella. ¿En qué momento había cambiado el orden natural de las cosas? Por primera vez en su vida no estaba al mando, y ahí residía la causa de su falta de concentración.

Estar atrapado en el yate con Katy le había hecho darse cuenta de que las mujeres independientes y profesionales con las que salía no suponían ningún reto, como siempre le había gustado creer. Todas eran tan sumisas y tenían tantas ganas de agradar como cualquier chica frívola y vacía que buscara hacer un agujero en su cuenta bancaria. Por el contrario, Katy no parecía tener ningún filtro a la hora de decirle lo que pensaba sobre cualquier tema.

Hasta el momento le había dado su opinión sobre el dinero, incluido el del propio Lucas. Había mostrado su desacuerdo ante la estupidez de perseguir el poder y el estatus sin molestarse en ocultar el hecho de que él estaba el primero de la lista como claro ejemplo de alguien que lideraba esa carrera. Le había preguntado

qué le gustaba hacer en su tiempo libre, quería saber si hacía alguna vez algo normal. Al parecer, pensaba que su falta de conocimiento sobre la disposición de la cocina de su propio yate era un crimen contra la humanidad.

En definitiva, se las había arreglado para ser lo más ofensiva posible y, para asombro de Lucas, él no había hecho nada para equilibrar la balanza ejerciendo el tipo de autoridad que la habría dejado callada a mitad de una frase.

Lucas tenía en su mano el poder de destruir su carrera, pero la idea no se le pasó por la cabeza.

Tal vez estuviera en su empresa por los motivos equivocados, pero ya no sospechaba de sus intenciones, sobre todo porque no tenía capacidad para conectar con nadie, y su apertura resultaba extrañamente atractiva.

También era un recordatorio incómodo de hasta qué punto conseguía siempre exactamente lo que quería, y de que se había rodeado de personas que jamás le llevaban la contraria.

Sin darse oportunidad de pensárselo dos veces, se dirigió a su habitación e hizo algo impensable: se cambió los pantalones por un bañador que hacía meses o tal vez años que no veía la luz, y se puso una camiseta.

Fue descalzo a agarrar una toalla y luego se dirigió a la zona de la piscina, donde sabía que se encontraría con Katy.

Ella se había mostrado extrañamente reticente a usar la piscina, y con la barbilla levantada en aquel ángulo guerrero al que Lucas se había acostumbrado rápidamente, finalmente le confesó que no le gustaba usar cosas que no le pertenecían.

–¿Preferirías que los bañadores se quedaran sin usar guardados en el armario hasta que los tiráramos?

–¿Serías capaz de tirar ropa en buenas condiciones?

–Lo haré si están ocupando mi espacio. Y no tendrías que tomarla prestada si hubieras pensado un poco y hubieras traído algún bañador.

–No sabía que iba a estar cerca de una piscina –se apresuró a señalar Katy sonrojándose.

Lucas sonrió al ver aquel tono tiñéndole las mejillas.

–Pero aquí estás. Mi consejo es que te dejes llevar y te adaptes.

El camarote de Lucas tenía aire acondicionado, y, cuando iba subiendo hacia la piscina, situada en la cubierta superior, se sintió agobiado por el calor. Pensó que tal vez Katy no estuviera allí, que tal vez hubiera cambiado su plan original de leer por la tarde y trabajar en algunas ideas sobre una aplicación que quería desarrollar para ayudar a los niños de su clase con los deberes, algo que Lucas había descubierto tras preguntarle varias veces.

Si no estaba allí se llevaría una gran decepción, y aquello estuvo a punto de detenerle sobre sus pasos, porque la decepción no era algo que asociara al sexo opuesto.

Le gustaba la compañía de las mujeres. No era promiscuo, pero la verdad era que ninguna mujer había conseguido nunca mantener su atención durante demasiado tiempo, así que siempre era él el primero en decir adiós. A aquellas alturas se sentía siempre aliviado y un poco culpable de dejar atrás la relación. En ese escenario, la decepción nunca tenía cabida.

Con su manera de ser directa y sincera, Katy estaba atándole con una especie de cuerda invisible, y Lucas era consciente de que aquello era algo a lo que debía poner fin.

De hecho, consideró la opción. No le llevaría más que un minuto volver a su despacho, donde podría continuar con su trabajo.

Pero... ¿sería capaz de hacerlo? ¿O seguiría sentado en su escritorio permitiendo que su mente viajara hacia su sexy prisionera?

Lucas no tenía ni idea de qué pensaba ganar uniéndose a ella en la piscina. ¿Y qué si era atractiva? El mundo estaba lleno de mujeres atractivas y él sabía, sin asomo de vanidad, que podría conseguir a prácticamente a la que quisiera.

Jugar con Katy no estaba en el plan. La había advertido de que no se hiciera ninguna idea extraña, así que de ninguna manera iba ahora a intentar llevársela a la cama.

El mero hecho de pensar en ello, aunque enseguida apartó de sí la idea, conjuró una serie de imágenes que le aceleraron el pulso y le encendieron la libido.

Levantó una mano y se apoyó con fuerza contra la pared para que se le calmara la respiración. Su sentido común estaba librando una batalla perdida contra la tentación, diciéndole que regresara a su despacho y cerrara la puerta metafórica del canto de sirena de una mujer que definitivamente no era su tipo.

Continuó su camino y pasó por delante de la cocina, donde Maria estaba preparando la cena. La saludó con una inclinación de cabeza y siguió subiendo. Entonces el sol le dio de lleno y se tomó unos segundos para apreciar la visión de la mujer que estaba reclinada en la tumbona con los ojos cerrados, los brazos apoyados en los lados de la tumbona y una pierna doblada a la altura de la rodilla y la otra estirada.

Se había sujetado la brillante melena en una especie de moño descuidado y tenía un libro en el suelo abierto a su lado.

Lucas se acercó despacio a ella. Nunca la había visto así, siempre vestida de forma decente, y se quedó sin aliento al contemplar la delicadeza de su esbelta fi-

gura: estómago plano, piernas largas y suaves y senos pequeños.

Se aclaró la garganta y se preguntó si sería capaz de articular palabra.

–Menos mal que he decidido subir –agradeció que las gafas de sol ocultaran su expresión–. Te vas a quemar. ¿Dónde está tu crema de protección? Con lo blanca que eres, si tomas demasiado sol vas a parecer una langosta... y tu condena de dos semanas podría terminar siendo más larga. Las quemaduras solares pueden llegar a ser muy graves.

–¿Qué estás haciendo aquí? –Katy se sentó como movida por un resorte y se llevó las rodillas al pecho, abrazándose desde aquella posición de desventaja mientras Lucas se cernía sobre ella con sus algo más de metro ochenta de altura y músculo bronceado.

Dirigió la vista hacia sus piernas y apartó al instante la mirada. Había algo en el vello sedoso y oscuro de sus pantorrillas que la hizo romper a sudar.

Se humedeció los labios y trató de calmar su acelerado pulso. Había mantenido una barrera de charla insustancial durante los últimos días, se había esforzado por proyectar una imagen de indiferencia para indicarle que su presencia no le afectaba lo más mínimo y no iba a estropear aquella impresión ahora.

Lucas le había advertido de que no se hiciera ninguna ilusión, y esa había sido la señal para que Katy dejara de babear y de obsesionarse con él. Estaba segura de que la única razón por la que le había hecho aquella advertencia era porque había percibido su reacción ante él, y desde ese momento había tratado de mantener a raya cualquier reacción bajo el fluir de las charlas banales.

Para empezar, había procurado que las conversaciones fueran muy banales, cualquier cosa que rompiera el

silencio porque compartían las comidas. Por las noches, antes de que él se marchara a las entrañas del yate, seguían hablando mientras tomaban una copa de vino.

A Katy le había resultado más difícil de lo que pensaba cumplir su objetivo porque había algo en él que la encendía. Aunque había conseguido contener el impulso natural de su cuerpo de ser desobediente asegurándose de estar lo más lejos posible de él sin que se notara mucho, no podía evitar provocarle. Le encantaba la cara que ponía cuando ella decía algo incendiario, inclinando la cabeza hacia un lado y entornando los ojos.

Era una forma sutil de excitación intelectual que la mantenía siempre alerta y que resultaba tan adictiva como una droga.

En presencia de Lucas, Duncan dejaba de existir.

De hecho, gracias a la tremenda e irracional capacidad de Lucas para atraer su atención, Katy había tomado conciencia a regañadientes de cuánto le afectó la traición de Duncan. Aunque creía que había seguido adelante, todavía seguía en un segundo plano, un espectro perturbador que había marcado sus relaciones con el sexo opuesto.

—Soy el dueño del yate —le recordó Lucas. Se quitó la camiseta y la dejó en una tumbona que acercó con el pie para estar justo al lado de ella—. ¿Crees que debería pedirte permiso para subir a la piscina?

—No, por supuesto que no —respondió Katy sonrojándose—. Es que pensé que seguirías con tu rutina habitual de las tardes y trabajarías hasta las siete.

—Las rutinas están hechas para romperse —Lucas se sentó en la tumbona y se giró para mirarla todavía con las gafas de sol puestas—. ¿No me has estado regañando todos los días por ser un adicto al trabajo?

–Nunca te he regañado por eso.

–Pero has sido tan convincente al decirme que iba a terminar muriendo joven que he decidido seguir tu consejo y tomarme un poco de tiempo libre –Lucas sonrió y se subió las gafas para mirarla–. No te veo muy contenta con mi decisión.

–No pensé que hubieras escuchado lo que te dije –murmuró Katy, con todo el cuerpo rígido como una plancha de madera.

Katy quería apartar la vista, pero sus codiciosos ojos no dejaban de mirarle. Era increíblemente perfecto. Más perfecto que ninguna imagen que hubiera podido conjurar en sueños. Tenía el pecho ancho y musculoso, con el vello justo y con una línea que le bajaba desde el ombligo y electrificaba sus sentidos.

¿Cómo era posible que un hombre fuera tan sexy? ¿Tan peligrosamente sexy?

Cada centímetro de él eclipsaba los dolorosos recuerdos de Duncan, y le asombró que esos recuerdos hubieran permanecido tanto tiempo en ella.

Al mirar a Lucas se le disparó la imaginación. Pensó en aquellos dedos largos y fuertes acariciándola, tocándole los senos, deteniéndose en los pezones. Sintió que se iba a desmayar. Tenía los pezones erectos y el calor líquido entre las piernas le hizo mojar la parte inferior del biquini.

Se dio cuenta de que había estado fantaseando con aquel hombre desde que puso el pie en el yate, pero aquellas fantasías eran vagas y nebulosas comparadas con la fuerza de las imágenes gráficas que en ese momento le llenaban la cabeza mientras apartaba la mirada con decisión.

Era su cuerpo, pensó. Verle así, solo con un bañador negro, era como darle alimento a su ya enfebrecida imaginación.

En circunstancias normales le habría mirado y apreciado su belleza, pero no habría convertido aquella atracción natural en un striptease mental.

Pero aquellas no eran circunstancias normales, y por eso su modo pragmático e intelectual de acercarse al sexo opuesto la había abandonado de pronto.

–Háblame del acuerdo –Katy se lanzó al primer tema de conversación que se le vino a la cabeza, y Lucas se recostó en la hamaca y miró hacia el cielo azul inmaculado.

Normalmente, le encantaba hablar de temas relacionados con el trabajo, pero en aquel momento era lo último que quería hacer.

–Convénceme de que te importa algo –la miró de reojo y se quedó observando cómo un delicado tono rosa le teñía las mejillas.

–Claro que me importa –Katy se aclaró la garganta–. Es la razón por la que estoy aquí, ¿no?

–¿Lo estás pasando bien? –Lucas se colocó los brazos detrás de la cabeza y la miró fijamente–. Solo estás aquí por el acuerdo, pero ¿estás disfrutando?

Katy abrió la boca para preguntarle qué clase de pregunta era esa, porque, ¿cómo diablos iba a estar pasándolo bien cuando toda su vida había dado un vuelco total? Pero parpadeó y pensó que sí lo estaba pasando bien.

–Nunca antes había estado en un lugar así –le dijo–. Cuando era pequeña las vacaciones eran una semana en una ciudad británica costera y fría, No me malinterpretes, me encantaban esas vacaciones, pero... esto es otro mundo.

Katy miró a su alrededor y aspiró la brisa cálida que olía a sal y a mar.

–Tener un padre pastor de una pequeña parroquia te hace llevar una vida distinta –confesó con sinceridad–.

Por un lado fue maravilloso porque nunca me faltó el amor ni el apoyo de mis padres, sobre todo porque soy hija única. Querían más, pero no pudieron tenerlos. Mi madre me dijo una vez que tenía que contenerse para no llenarme de regalos, aunque siempre había un límite para lo que podían permitirse. Además, como te dije, siempre se aseguraron de decirme que el dinero no lo era todo ni era un fin en sí mismo.

Katy miró a Lucas y sonrió, sorprendida en cierta forma por estar contándole todo aquello, aunque no lo era ningún secreto.

Aunque nunca animaba a las mujeres a que le hicieran confidencias, Lucas estaba conmovido por su confesión porque Katy siempre le hablaba de un modo desafiante.

—Cuéntame más cosas sobre la vida en una vicaría —le pidió—. Seré sincero contigo, eres la primera hija que conozco de un hombre con sotana.

La imagen de una familia feliz surgió en su mente, y en un extraño momento de introspección, pensó en su problemática juventud tras la muerte de su madre. Su padre tenía el amor, pero no sabía muy bien cómo manifestarlo, y, atrapado en su propio dolor y su interminable búsqueda de una sustituta a su fallecida esposa, dejó al joven Lucas para que se buscara solo la vida. La independencia de la que Lucas estaba ahora tan orgulloso, el control de sus emociones, de pronto le parecieron un poco empañadas, demasiado duras para tener un auténtico valor.

Abandonó aquellos pensamientos y animó a Katy a seguir hablando. Tenía una voz melódica y le gustaba mucho su sonido.

—Más cosas... a ver, déjame pensar... —Katy sonrió y se tumbó, de modo que ahora estaban el uno al lado del otro con los rostros mirando hacia el brillante cielo azul. Miró de reojo a Lucas, esperando ver un interés

educado, o incluso un cierto aire burlón. Pero sus ojos oscuros estaban extrañamente serios cuando sus miradas se encontraron y se sostuvieron durante unos segundos, y Katy se estremeció y se le secó la boca.

–¿Entonces? –murmuró Lucas cerrando los ojos y disfrutando del calor y de la novedad de no hacer nada.

–Entonces... siempre sabía que tenía que ser un buen ejemplo porque mis padres eran un pilar de la comunidad. Nunca pude permitirme ser una rebelde.

Incluso cuando fue a la universidad, sus raíces la siguieron. Fue capaz de pasarlo bien, salir hasta tarde y beber, pero nunca se había acostado con nadie. Tal vez si no hubiera tenido unos preceptos morales tan arraigados desde la infancia habría podido tener relaciones sexuales frívolas y entonces se habría relajado en lo que se refería a las relaciones. Tal vez habría aceptado que no todas las relaciones tenían que ser tan formales, que algunas estaban destinadas a descarrilar, pero eso no significaba que no valieran la pena.

Katy nunca lo había visto de aquella manera, y en ese momento pensó algo en ello porque siempre había dado por hecho después de Duncan que se mantendría virgen porque había aprendido la lección y así estaría más preparada para tomar las decisiones adecuadas.

Pensar que podía desviarse de aquel camino le produjo un escalofrío de emoción.

–Aunque la verdad es que nunca me sentí tentada –se apresuró a explicar–. Había visto con mucha frecuencia dónde llevaba el alcohol, las drogas y el sexo casual. Mi padre es muy activo en la comunidad con personas con problemas. Muchas terminaron donde están por las malas decisiones que tomaron a lo largo del camino.

–Me siento como si estuviera hablando con alguien de otro planeta.

–¿Por qué?

–Porque tu vida es completamente distinta a todo lo que yo conozco.

Katy se rio. Estar tumbada a su lado hacía más fácil hablar con él. Si estuvieran sentados el uno frente al otro a la mesa de la cocina, con el yate meciéndose suavemente mientras comían, seguramente no habría podido mostrarse tan abierta. Podía retarle y provocarle hasta verle apretar los dientes en un gesto de frustración, pero aquello era diferente.

No recordaba haber tenido nunca una conversación así con Duncan, porque se pasaba el tiempo hablando de sí mismo y coqueteando sin cesar con ella.

–¿Y con qué tipo de personas tratas? –le preguntó con ligereza.

–Con mujeres profesionales duras que no tienen por costumbre estar cerca de gente con problemas de ese tipo –afirmó Lucas–. Aunque conocí a un par de ellas que eran abogadas de primera, se cometió un delito y tuvieron que enfrentarse con uno de esos desahuciados en el juzgado.

–Recuerdo que me hablaste de esas mujeres profesionales que no querían nunca más de lo que tú estabas dispuesto a darles –murmuró ella–. Y que siempre eran sumisas y agradables.

Lucas se rio. Aquello había sido cuando quiso alejarla por si acaso se le había metido alguna idea rara en la cabeza. Ladeó ligeramente la cabeza y la miró. Estaba de cara hacia el cielo con los ojos cerrados. Las largas y oscuras pestañas le rozaban las mejillas, y tenía la jugosa boca en reposo. El sol había teñido su piel pálida de un tono dorado y había iluminado mechas de color rubio cobrizo en su melena caoba. Lucas siguió con la mirada la línea de sus hombros y los montículos de sus senos hasta debajo del biquini, algo que no había

apreciado de verdad cuando estaba sujetándose las rodillas para asegurarse de mostrar la menor cantidad de
cuerpo posible.

Llevaba un sencillo biquini negro, pero nada podía
ocultar los tentadores montículos de sus pequeños y
firmes senos, el escote, la juntura de sus caderas y la
sedosa suavidad de sus muslos.

Lucas se dejó llevar consternado por la ardiente y
pulsante erección que Katy habría notado sin lugar a
dudas bajo su bañador si hubiera abierto los ojos y le
hubiera mirado.

Reconocía que se sentía atraído por ella desde el
primer día que la vio, cuando entró en su despacho.
Ningún hombre con sangre en las venas hubiera podido
evitarlo. También se fijó en su beligerancia y su falta de
filtros a la hora de decir lo que pensaba, por eso había
decidido ocuparse personalmente de su vigilancia hasta
que el acuerdo estuviera completamente asegurado. Al
aparecer ante él como una mujer que no le ponía peros
a acostarse con hombres casados, alguien en quien no
se podía confiar, le pareció lo más razonable.

Pero en el fondo sabía que, aunque hubiera rechazado cualquier idea de acercarse a Katy, la perspectiva
de pasar quince días a su lado no le había resultado
precisamente desagradable.

Se preguntó si no estaría haciendo lo que le pedía el
cuerpo en lugar de lo que le dictaba el cerebro. O tal
vez se sintió inspirado por la novedad de tener aquel
conflicto. En su bien ordenada vida, obtener lo que
deseaba nunca había sido un problema, y menos en lo
que se refería a las mujeres.

Lucas pensó que si Katy hubiera cumplido sus expectativas y hubiera demostrado ser una chica sin moral probando suerte con él, entonces no habría tenido
problema para comer, respirar y trabajar. Pero no lo

había hecho, y cuanta más curiosidad sentía por ella, más atraído se sentía.

Y aquello era tan impropio de él que casi ni sabía cómo lidiar con ello.

Pero su cuerpo sí que estaba lidiando con ello, pensó, y no pudo evitar preguntarse qué diría Katy si viera el tipo de respuesta que había provocado en él.

Katy no estaba muy segura de si fue el repentino silencio o algo eléctrico que flotaba en el ambiente, pero abrió los ojos y giró la cabeza con la boca ya abierta para decir alguna frivolidad que rompiera la repentina tensión.

La mirada de Lucas se encontró con la suya y se quedó sin aliento. Tuvo la sensación de que se hundía en la oscura profundidad de sus ojos. Aquellos ojos le estaban enviando un mensaje, o eso parecía. ¿Se lo estaba imaginando? No tenía experiencia con hombres como él. Aquella expresión especulativa y taciturna parecía invitar a una respuesta, pero ¿sería así? Sonrojada y confusa, Katy bajó la mirada...

Y entonces no tuvo duda del mensaje exacto que le estaban enviando.

Katy se quedó paralizada durante un segundo mientras su mente caía en picado. Estaba excitado. ¿Acaso pensaba que podía intentar algo y que ella caería porque era una chica fácil? Quién sabía, seguramente todavía pensaba que era de las que tenían aventuras con hombres casados, aunque ya debería haber cambiado de opinión porque le había contado cosas, le había hablado de su infancia y de sus padres y de la moral que le habían imbuido. Tal vez no la había creído porque era desconfiado.

Ella no era fácil. Y, sin embargo, un deseo desatado la atravesó como un torrente, estrellándose contra el sentido común y las buenas intenciones. Deseaba a

aquel hombre, a aquel hombre tan poco conveniente, y lo deseaba con todas sus fuerzas.

La impactante intensidad de aquella respuesta física que nunca había sentido hacia ningún hombre, Duncan incluido, la dejó aterrorizada. Murmuró algo entre dientes y se puso de pie de un salto. El brillo azul de la enorme piscina la atraía como un oasis de seguridad ante la confusión que la estaba abrumando.

Con el corazón latiéndole con fuerza en el pecho, echó a andar, se tropezó con la suave madera que rodeaba la piscina y salió disparada hacia delante.

Aterrizó con las rodillas y se dio un golpe doloroso.

Dobló la pierna y observó fascinada como a cámara lenta que Lucas avanzaba hacia ella con todos los músculos de su cuerpo en tensión.

–¿En qué estabas pensando? –le preguntó apurado levantándola del suelo e ignorando sus protestas de que estaba perfectamente–. Has salido disparada como alma que lleva el diablo. ¿Ha sido por algo que he dicho?

Lucas estaba saliendo de la zona de la piscina llevándola en brazos con la misma facilidad que si cargara con un par de cojines. Katy se agarró a sus anchos hombros, consciente de que en aquella posición semi doblada había partes de su cuerpo que estaban completamente expuestas. Se quería morir de la vergüenza.

Si Lucas mirara hacia abajo podría ver la sombra de uno de sus pezones.

–¿Dónde me llevas? –gimió–. Esto es ridículo. ¡Tropecé y me caí!

–Puede que te hayas roto algo.

–¡No me he roto nada! –casi sollozó Katy.

–¿Cómo lo sabes?

–¡Porque en ese caso no podría ni andar!

–No estás andando. Te estoy llevando en brazos.

¿Cuánto pesas, por cierto? Eres ligera como una pluma. Si no supiera lo mucho que comes estaría preocupado.

–Siempre he sido delgada –murmuró ella sin fijarse a dónde iban, estaba concentrada en asegurarse de que no se le viera más cuerpo. Sentía que estaba a punto de desmayarse–. Por favor, llévame a mi camarote. Allí puedo limpiarme la herida y ya está.

–Tonterías. ¿Qué clase de caballero sería yo si no me aseguro de que estás bien? No me educaron para ignorar a las damiselas en peligro.

–¡Yo no soy una damisela!

–Ya hemos llegado –la informó Lucas con satisfacción. Abrió la puerta empujando con el pie.

Cuando Katy dejó de ocuparse de mantener su cuerpo a salvo de miradas, se dio cuenta de dónde la había llevado.

Lejos de la seguridad de la piscina y directamente al infierno de los aposentos privados de Lucas.

Capítulo 5

EL CAMAROTE de Lucas era diferente al suyo, para empezar, medía el doble y era inconfundiblemente masculino: colcha gris oscuro sobre la cama, almohadas gris oscuro, muebles de castaño a juego con el suelo de madera. La tumbó sobre la cama y ella se incorporó al instante en posición sentada, lamentando no tener algo con lo que cubrirse y tener que intentar ponerse en la postura más recatada posible, con las piernas muy juntas y las manos cruzadas sobre el regazo.

Abrumada por la tensión, vio cómo Lucas desaparecía en el baño adjunto, que hacía parecer al suyo un cubículo. Regresó un minuto después con un botiquín de primeros auxilios.

—Esto no es necesario, Lucas. Solo es un rasguño, nada más.

Él estaba agachado frente a ella y empezó a tocarle el tobillo con unos dedos sorprendentemente delicados.

—Dime si te duele.

—No —afirmó Katy. Dio un tirón a la pierna para que Lucas entendiera que todo aquello era una ridiculez, pero no sirvió de nada.

—Relájate —le ordenó él con severidad—. Relájate y dentro de un segundo habremos terminado y podrás volver a tu camarote.

Pero ¿cómo iba a empezar siquiera a relajarse si aquellos dedos estaban logrando maravillas en su cuerpo? La suave delicadeza de su contacto la estaba excitando,

provocando que se le acelerara el pulso y despertando estremecimientos por todo su cuerpo. Katy miró su cabeza
inclinada, el pelo negro como la noche, y tuvo que hacer
un esfuerzo para no acariciárselo y sentir su contacto entre
los dedos.

Luego recordó el bulto de su erección y se sintió
otra vez desmayada.

–Me sorprende que tengas un botiquín a mano –dijo
sin aliento desviando la mirada de él y centrándose en
tratar de normalizar la situación con una conversación
ligera.

–¿Por qué? –Lucas alzó un instante la vista antes de
continuar con aquella exploración excesivamente lenta
de su pie.

–Porque no pareces la clase de hombre que hace
este tipo de cosas –aseguró Katy con sinceridad.

–Es esencial tener un botiquín de primeros auxilios a
bordo de un barco. De hecho, este es uno de muchos. Hay
un buen surtido de equipamiento médico en un almacén
situado en la cubierta del medio. Te sorprendería saber la
cantidad de accidentes que pueden suceder en alta mar,
y aquí no hay una ambulancia disponible que pueda llegar en cinco minutos y llevarte al hospital más cercano.

Lucas estaba subiendo lentamente hacia la pantorri-
lla, que era suave y delicada. Tenía la piel como la seda
y todavía caliente por el sol.

–¿Y tú sabes cómo tratar todos esos accidentes inespe-
rados? –los sabios dedos de Lucas iban subiendo cada vez
más y más, y con cada centímetro el cuerpo de Katy se iba
encendiendo un poco más como un árbol de Navidad.

–Te sorprendería –aseguró Lucas–. Tienes las rodillas en un estado fatal, pero cuando las haya limpiado
estarás bien. Te gustará saber que no tienes nada roto.

–Ya te lo había dicho –le recordó Katy–. ¿Por qué
iba a sorprenderme?

Lucas estaba ahora limpiándole suavemente la piel desollada, y Katy se estremeció cuando pasó por la zona con unas gasas mojadas en alcohol para asegurarse de limpiar hasta la última pizca de suciedad.

—Porque tengo la sensación de que me has etiquetado como el típico hombre de negocios sediento de dinero que no tiene tiempo más que para hacerse cada vez más y más rico —dijo Lucas sin mirarla—, y seguramente a expensas de los demás. ¿Me equivoco?

—Yo nunca he dicho eso —respondió ella.

—Es fácil sumar dos y dos cuando me acusaste abiertamente de ser capaz de secuestrarte.

—¡En cierto modo era verdad!

—Cuéntame cómo se siente uno al ser víctima de un secuestro —le pidió Lucas con tono ligero y burlón mientras seguía curándole la rodilla, aplicándole un bálsamo transparente antes de vendársela cuidadosamente y poner la atención en la otra—. Siempre quise ser médico —se sorprendió a sí mismo al decir aquello.

—¿Y qué pasó? —por primera vez desde que la había depositado en aquella cama, Katy empezó a relajarse. La tensión nerviosa fue sustituida por una aguda curiosidad. En los últimos días había descubierto que Lucas podía ser muchas cosas. Podía ser astuto, divertido, arrogante y siempre, siempre, extremadamente inteligente. Pero... ¿hacer confidencias? No.

—Lo que pasó fueron las muchas esposas de mi padre —afirmó él con ironía—. Una detrás de otra. Todas se parecían y desde luego estaban cortadas por el mismo patrón. Tenían las miras puestas en el premio gordo, y, cuando su reinado se acababa, la fortuna de mi padre había disminuido considerablemente. Cuando cumplí dieciséis años, me di cuenta de que si le dejaba solo terminaría en la calle. Mi padre se hubiera muerto al saber que el imperio construido por mi abuelo se había

ido a pique por las demandas de divorcio y las pensiones que tenía que pagar a sus codiciosas exmujeres.

Hizo una pausa y frunció el ceño.

–Yo sabía que mi padre tenía pensado que yo heredara el negocio y me hiciera cargo de él, y yo siempre pensé en hablar con él sobre el cambio de planes cuando llegara el momento. Pero resultó que nunca llegó el momento adecuado porque sin mí la empresa habría terminado dividida entre un grupo de cazafortunas y eso hubiera sido el fin.

–¿Así que renunciaste a tus sueños?

–No me tengas lástima –Lucas se rio sentándose sobre los talones para observar con la cabeza ladeada el trabajo que había hecho. La miró y a Katy se le secó la boca cuando sus miradas se encontraron–. Me gusta mi vida.

–Pero no tiene nada que ver con ser médico –Katy nunca se hubiera imaginado que Lucas pudiera tener nada que ver con una profesión relacionada con cuidar de los demás.

–No, nada en absoluto –reconoció él–. De ahí que me guste ponerme manos a la obra cuando me encuentro con situaciones como esta.

–¿Y te encuentras con muchas así? –Katy se lo imaginó tocando a otra mujer de esas delgadas y de largas piernas que se dejaban los biquinis en el yate.

–No –Lucas se incorporó–. Como te dije, no paso mucho tiempo en el yate, y ninguna de las mujeres con las que salgo ha necesitado el boca a boca cuando estábamos en el mar.

Lucas desapareció en el baño con el botiquín, y en lugar de aprovechar la oportunidad para ponerse de pie y salir de allí a toda prisa, Katy se quedó en la cama con las piernas flexionadas, acostumbrándose a la tirantez de las vendas.

–¿Así que soy tu primera paciente?

Lucas permaneció en la puerta del baño apoyado contra el quicio.

Katy estaba fascinada por la visión. Seguía en bañador, pero se había puesto la camiseta en un momento en que ella no se dio cuenta. Estaba descalzo y exudaba una sexualidad animal que la dejó sin respiración.

–Los cortes y los rasguños no cuentan –Lucas sonrió y se acercó hacia ella, manteniéndola hechizada mientras cruzaba la habitación con pasos fáciles y elegantes. Se acercó a la ventana, que también daba al mar.

–Siento haber estropeado tu tiempo libre.

–No me has dicho por qué has saltado de la tumbona y has salido corriendo como si te persiguiera una jauría de perros –murmuró Lucas.

Katy estaba en su habitación, y tocarla había despertado un fuego dentro de él, el mismo fuego que ardía desde que estaban en el yate. Él sabía por qué se había levantado de la tumbona. Tenía suficiente experiencia con el sexo opuesto para reconocer cuándo una mujer le deseaba, y le agradaba pensar que Katy no estaba haciendo lo mismo que cualquier otra mujer habría hecho, coquetear con él.

¿Se debía a que trabajaba para él? ¿Era eso lo que la retenía? Tal vez Katy pensaba que la despediría si se mostraba demasiado obvia. O tal vez había prestado atención al discurso que le había dado al principio cuando le pidió que no se hiciera ninguna ilusión respecto a ellos.

Lucas casi lamentó haberle dicho aquello, porque le excitaba imaginársela coqueteando con él.

Se quedó un par de segundos preguntándose qué sentiría si ella le rogaba que la tocara, sonrojada y nerviosa, pero al instante apareció su pragmatismo y pensó que seguramente se estaba haciendo la difícil, uno de los trucos femeninos más viejos del mundo. Katy había re-

velado todo tipo de facetas que no esperaba, pero la realidad era que había tenido una aventura con un hombre casado. Negó que supiera que tenía mujer e hijas, y tal vez fuera así. Sin duda había en ella una honestidad que encontraba encantadora, pero incluso así no estaba todavía dispuesto a considerarla inocente.

–Hacía mucho calor ahí fuera –murmuró Katy incómoda encendiéndose al recordar el momento en el que aquel deseo incontrolado se había apoderado de ella como un virus y tuvo que escapar–. Quería darme un baño en la piscina y lamentablemente no miré por dónde pisaba. Debería volver a mi camarote. Creo que dejaré descansar las piernas mientras tenga estos vendajes puestos. Y, por cierto, muchas gracias por curarme. No hacía falta, pero gracias de todas formas.

–¿Cuánto tiempo crees que puedes seguir fingiendo que no está pasando nada entre nosotros?

Aquella era una pregunta que Lucas nunca le había hecho a ninguna mujer, porque nunca había necesitado convencer a ninguna para acostarse con ella. De hecho, era una pregunta que nunca pensó hacerle a Katy teniendo en cuenta las circunstancias que los habían reunido. Pero la deseaba y no tenía sentido perder el tiempo pensando por qué o si tenía sentido o no.

En respuesta a su brusca pregunta, presentada ante ella sin ningún envoltorio bonito, Katy abrió los ojos de par en par y se quedó boquiabierta.

–¿Perdona?

–He visto el modo en que me miras –murmuró Lucas sentándose en la cama a su lado y hundiendo el colchón con su peso, de modo que Katy tuvo que moverse para ajustar el cuerpo y evitar apoyarse contra él.

Tendría que haberse levantado. Sus ojos oscuros eran como láseres que abrieran un agujero a través de su sentido común, el que había dictado su comporta-

miento a lo largo de toda su vida... a excepción de los desastrosos meses que había pasado con Duncan.

El lento calor que la había estado atravesando, la excitación entre las piernas y la tensión en los sensibles pezones... todas las respuestas que se activaban al estar en su presencia y al sentir sus frescos dedos en ella estaban desapareciendo a toda prisa bajo una oleada de rabia.

–¿El modo en que te miro?

–No tengas vergüenza. Créeme, normalmente no es mi estilo forzar la mano a nadie, pero estamos aquí y entre nosotros hay química sexual. ¿Vas a negarlo? Está en el aire como una carga eléctrica invisible –Lucas se rio con incredulidad–. No te lo vas a creer, pero es algo que no recuerdo haber sentido nunca.

–¿Y crees que debería sentirme halagada?

Lucas frunció el ceño porque aquella no era la reacción que esperaba.

–Sinceramente, sí –le dijo con completa sinceridad.

Katy estaba boquiabierta, aunque entendía muy bien que cualquier mujer se sintiera halagada por ser el objeto de atención de Lucas Cipriani. Era increíblemente guapo y multimillonario. Si ligaba con una mujer, ¿acaso esa mujer se marcharía y le daría con la puerta en las narices? Seguramente tenía una fila esperando.

Katy apretó los labios, porque lo que él veía como un cumplido para ella resultaba insultante.

Al menos Duncan había tenido la inteligencia de acercarse a ella con más delicadeza, no como un elefante entrando en una cacharrería.

Pero el tiempo no estaba de parte de Lucas, concluyó Katy con amargura. Tenían las horas contadas allí, entonces, ¿por qué iba a intentar seducirla a la manera antigua?

–Eso es lo más arrogante y egoísta que he escuchado en toda mi vida.

–¿Porque estoy siendo sincero? –pero Lucas adqui-

rió una expresión seria–. Creía que estabas a favor de la sinceridad.

–¿Quién te crees que soy?

–No tengo ni idea de qué pretendes con esto.

–¿Crees que puedes chasquear los dedos y que alguien como yo dejaría de lado todos sus principios para correr a tus brazos?

–¿Alguien como tú? –pero Katy había dado en el blanco, y Lucas fue consciente con cierta culpabilidad de que en realidad la había encasillado aunque hubiera visto pruebas de lo contrario.

–La clase de persona –le informó ella con desprecio– que necesita un buen sermón para no perder su loca cabecita por estar en un barco grande y caro. Oh, perdón, en un yate, con el gran Lucas Cipriani. La clase de persona –añadió– que llega con la dudosa reputación de ser alguien a quien le gusta meterse en la cama de hombres casados.

Katy se había enfadado todavía más por haber caído en la trampa de olvidar quién era Lucas realmente, se había dejado llevar por su encanto y las confidencias que le había hecho y que ella había recibido con lamentable entusiasmo.

Y lo que era todavía peor, había conseguido leerle el pensamiento. Katy creía haber sido un modelo de educación, pero Lucas la había atravesado con un láser y había visto la atracción que sentía hacia él.

–Estás analizando demasiado –Lucas se pasó la mano por el pelo y se puso de pie de un salto. Se acercó a la ventana y se la quedó mirando.

–No estoy analizando demasiado –protestó Katy con vehemencia–. Sé lo que piensas de mí.

–No lo sabes –Lucas no estaba acostumbrado a disculparse por nada, y en ese momento se sentía... como un canalla. No se podía creer que el interés que sentía

por ella se hubiera transformado en un insulto, pero
tenía que reconocer que su acercamiento no había sido
muy fino. Había sido torpe, más que sincero.

–Sé perfectamente lo que piensas de mí. Has creído
que me metería en tu cama fácilmente solo porque me
has invitado.

–Lo... lo siento –murmuró Lucas.

Y aquella disculpa resultó tan inesperada que Katy
se lo quedó mirando con la boca abierta. La estaba mirando con tal sinceridad que tuvo que hacer un esfuerzo
por mantenerse firme.

Se puso de pie. Su intención de salir de su camarote
con la cabeza bien alta ahora que había dicho lo que
pensaba quedaba minada por el hecho de que apenas
llevaba ropa y tenía que agacharse un poco porque los
rasguños de las rodillas le dolían.

–Katy –murmuró Lucas con voz ronca deteniéndola
sobre sus pasos. Extendió el brazo para pararla y la
presión de su brazo en el suyo fue tan poderosa como
una marca de hierro.

Katy tenía que intentar no estremecerse. Se quedó
paralizada en el sitio.

–No pienso que seas fácil –continuó él–, y desde
luego no doy por sentado que te vayas a ir a la cama
conmigo porque seas esa clase de persona. Hay una
parte de mí que todavía está en guardia porque soy de
naturaleza suspicaz. Lo que quiero decir es que te deseo, y tal vez me equivoque, pero creo que es mutuo.
Así que dime... ¿lo es?

Lucas dio medio paso en su dirección, la miró y
contuvo un gruñido ante la deliciosa visión de sus delicados senos contenidos en la tela del biquini.

–Si he malinterpretado las señales –le dijo–, entonces dímelo ahora y me retiraré. Te doy mi palabra. Y
por supuesto no afectará a tu trabajo en mi empresa. Di

que no y nunca volveré a mencionarlo. Será como si esto no hubiera ocurrido.

Katy vaciló. Deseaba con todas sus fuerzas decirle que no, que no estaba interesada en él en ese sentido, pero entonces se lo imaginó retrocediendo y dejándola sola y se dio cuenta con un respingo de lo mucho que disfrutaba pasando tiempo en su compañía cuando se picaban el uno al otro. También se dio cuenta de que bajo aquellos piques había una corriente de atracción sexual que Lucas había captado con su antena.

—Esa no es la cuestión —murmuró en voz baja.

—¿Qué quieres decir?

—Quiero decir... —Katy se sonrojó. Se sentía incómoda—, quiero decir que no importa si nos sentimos atraídos el uno hacia el otro o no. Sería una locura que hiciéramos algo al respecto. Aunque a mí no se me ocurriría —se apresuró a aclarar—. Después de Duncan me juré que nunca volvería a cometer el error de tener ninguna relación con nadie a menos que sintiera que esa persona era perfecta para mí.

—Nunca he oído una tontería semejante en toda mi vida —afirmó Lucas con sequedad.

Katy se puso tensa.

—¿Qué tiene de malo querer lo mejor? —preguntó cruzándose de brazos sin salir de la habitación pero sin volver tampoco a la cama. Se quedó en medio sintiéndose completamente incómoda.

Lucas, por su parte, parecía completamente cómodo aunque iba tan poco vestido como ella. Pero estaba claro que no era de los que se avergonzaban de mostrar su cuerpo.

—No tiene nada de malo querer lo mejor —reconoció él—, pero dime, ¿cómo piensas encontrarlo? ¿Vas a presentarle a cada candidato un cuestionario que deben rellenar antes de proceder? Voy a dar un salto de fe aquí

y dar por hecho que no sabías que Powell estaba casado. Saliste con él y seguramente creíste que era el adecuado para ti.

–Cometí un error –dijo Katy a la defensiva.

–Se cometen errores. Aunque el hombre no te engañe deliberadamente, podéis salir los dos de buena fe pensando que podéis llegar a algún lado y luego descubrir que hay obstáculos en el camino que son imposibles de apartar para considerar tener una vida juntos.

–¿Y desde cuándo eres tú un experto en eso? –preguntó Katy con sarcasmo.

–A la gente le gusta autoengañarse –afirmó Lucas con seguridad–. Lo sé porque lo he presenciado en primera línea con mi padre. Deseas algo con toda tu alma e intentas que funcione. Si funciona sobre el papel, entonces lo intentas todavía más. El peor escenario es que puedes terminar casándote y luego en el área de maternidad del hospital, y todavía sigues engañándote pensando que lo que tienes es de verdad hasta que te ves obligada a reconocer el fracaso, y entonces cortar los lazos es mil veces más complicado.

–Eres muy desconfiado respecto a... todo –Katy recordó la falta de confianza en ella que le llevó a pensar que la única solución para salvar su acuerdo empresarial era aislarla por si acaso.

–El hombre perfecto no existe, Katy. Powell te mintió deliberadamente –Lucas se encogió de hombros–. Puedo parecerte desconfiado, pero soy sincero. Nunca en mi vida he engañado a nadie. Nunca prometí un jardín de rosas ni que llevaría a nadie al altar –la miró pensativo–. Tú lo pasaste mal por culpa de ese tipo.

–Por eso tendrías que haberme creído cuando te dije que preferiría caminar sobre brasas encendidas que volver a saber nada de él.

–Eso es otra cosa. En el momento observé los he-

chos y tomé decisiones acorde a ellos. Lo que intento decirte es esto: este mundo está lleno de hombres que harían todo lo que fuera necesario para llevarse a una mujer a la cama, y eso incluye hacer promesas que no tienen intención de mantener. Conmigo, lo que ves es lo que hay. Estamos aquí, nos sentimos atraídos el uno por el otro y punto final.

–Sexo por sexo –aquello era algo que Katy nunca se había planteado y seguramente nunca lo haría. Iba en contra de todo lo que le habían enseñado y de lo que creía. ¿Verdad? Era lo que buscaba Duncan y aquello le repugnaba. Sexo y amor iban unidos, y separarlos era reducir el valor de ambas cosas.

Lucas se rio al observar su cara de desaprobación.

–Podría ser peor –bromeó–. Podría ser sexo por un «fueron felices para siempre» que nunca va a pasar.

El aire se detuvo entre ellos. Katy estaba hipnotizada por el brillo oscuro de sus ojos y podía sentir la seducción de aquellas opiniones que estaban tan alejadas de las suyas. Pero Lucas hacía que sonaran posibles. En lugar de darle libertad para disfrutar de una vida sexual sana y variada, de tomarse su tiempo para encontrar al hombre adecuado, la experiencia con Duncan la había convencido todavía más para no conformarse con menos que el hombre que cumpliera todos los requisitos de la lista.

¿No era Lucas el hombre adecuado en muchos sentidos? ¿Cómo iba a estar segura de encontrar a don Perfecto si no estaba preparada para enfrentarse con valentía a la posibilidad de arriesgarse a encontrar a varios don imperfectos antes?

¿Y por qué iban a ser todos los don imperfectos unos reptiles como Duncan? Algunos podrían ser divertidos. No para casarse con ellos, pero sí divertidos.

Como Lucas Cipriani. Tenía el «don imperfecto» grabado en toda la cara, y sin embargo... ¿no sería divertido?

Por primera vez en su vida, Katy se preguntó cuándo y por qué se había vuelto tan protectora con sus emociones y tan incapaz de disfrutar del modo en que lo hacían todas las chicas de su edad. Sus padres nunca le habían impuesto normas duras, pero al mirar ahora atrás, Katy se dio cuenta de que había captado fragmentos de conversaciones sobre las chicas jóvenes en apuros a las que ellos habían ayudado. Había visto cómo los embarazos no deseados y las decisiones emocionales erróneas podían destruir vidas y había guardado aquellas lecciones en la parte de atrás de su cerebro, sin saber cuánto influirían en sus decisiones futuras.

Lucas se fijó en la sucesión de emociones conflictivas que le ensombrecían la expresión.

Aquel hombre le había hecho daño de verdad, pensó, y junto a aquel pensamiento llegó otro, que si tuviera la oportunidad le pegaría a Powell una buena paliza.

Fueran cuales fueran las experiencias que hubiera tenido antes de aquel tipo, estaba claro que era con él con quien confiaba en tener una relación permanente, y lanzarse de lleno a algo para descubrir que estaba construido sobre mentiras y engaño debió de ser un duro golpe para ella.

A pesar de su personalidad peleona y fuerte, era una romántica de corazón y seguramente eso le venía de su educación. Sin duda habría disfrutado de su juventud, habría tenido las experiencias sexuales habituales, pero habría guardado su corazón intacto para el hombre con el que confiaba pasar el resto de su vida. El problema residía en que ese hombre resultó estar casado y solo quería pasar un buen rato.

–Tal vez creas que no tengo la clase de código moral que tú buscas –le dijo Lucas muy serio–, pero tengo mi propio código. Está basado en la sinceridad. No busco una relación seria y no finjo que sea así. Powell te hizo

daño, pero conmigo nunca te pasaría eso porque las emociones no entran en la ecuación.

Katy le miró con curiosidad. Le sorprendía estarle escuchando siquiera, pero se había abierto la caja de Pandora y todo tipo de dudas y recelos respecto al código moral que Lucas había mencionado salieron volando como avispas furiosas.

—Yo nunca podría ser tu tipo —Lucas nunca pensó que vería el día en que le dijera aquellas palabras a una mujer—. Y, sinceramente, lo entiendo porque yo no te haría ningún bien. Esta no es una relación en la que dos personas se exploran la una a la otra con la confianza de llevar las cosas al siguiente nivel. Aquí se trata de sexo.

—Me estás confundiendo.

—Te estoy sacando de tu zona de confort —murmuró Lucas deseando tocarla, pero consiguió mantener las manos quietas—. Te estoy dando cosas que pensar. Eso no puede ser malo.

Katy le miró y sus ojos se encontraron con otros del color de la noche más oscura y profunda. El corazón le saltó dentro del pecho. Lucas era una tentación que le resultaba irresistible. Cada palabra que decía y cada argumento que esgrimía iba minando sus defensas.

—Solo estás aburrido —se atrevió a decirle en un último intento de alejarse—. Y estás aquí encerrado con una posible compañera de juegos.

—¿Tan superficial crees que soy? —Lucas sonrió y se le suavizó la expresión—. ¿Crees que tengo que satisfacer mi libido cada dos horas para no estallar? Ya me he cansado de hablar. Creo que nunca he invertido tanto tiempo tratando de convencer a una mujer para que se vaya a la cama conmigo.

—¿Debería sentirme halagada?

—Sin duda —aseguró él sin vacilar.

Entonces extendió la mano y le acarició la mejilla con un dedo antes de colocarle un mechón de pelo cobrizo detrás de la oreja. Tendría que haberse detenido y darle tiempo para que se recompusiera porque Katy estaba completamente desubicada, pero la dejó devastada con su caricia que siguió bajando por las clavículas hasta el escote.

Con la mirada fija en su bello rostro moreno, Katy permaneció clavada en el sitio. Luego aspiró con fuerza el aire cuando Lucas le puso las manos en la caja torácica.

La había estado llevando de espaldas hacia la cama sin que ella se diera cuenta siquiera, y de pronto cayó sobre el colchón y se quedó allí tumbada, mirándole.

Estaba a punto de romper todas sus normas respecto a las aventuras de una noche, y no iba a perder más tiempo diciéndose que no debería hacerlo.

Capítulo 6

PERO Katy no estaba completamente segura de cómo empezar a romper todas aquellas normas. Nunca lo había hecho antes y estaba tratando con un hombre que seguramente se pasaba la vida rompiendo normas. No había dejado lugar a dudas sobre su experiencia. ¿Esperaría el mismo nivel en ella? ¡Por supuesto que sí!

Katy se acobardó. So lo quedó mirando en silencio con la boca seca mientras él se quitaba la camiseta con un movimiento fluido y se quedaba allí parado como un dios de bronce mirándola. Ella se lo comió con los ojos ávidamente, desde los anchos hombros hasta los marcados abdominales y la línea de vello que desaparecía bajo el bañador.

Lucas metió los dedos en la cinturilla del bañador y Katy se apoyó sobre los codos sintiendo una embriagadora mezcla de emoción y miedo.

¿Qué haría Lucas si le dijera que era virgen? Salir corriendo, fue lo primero que se le pasó por la cabeza. Katy no quería que huyera. Lo quería cerca de ella y dentro de ella. Solo pensar en ello hacía que se mareara.

Con la idea de intentar comportarse como alguien que supiera realmente qué hacer en una situación así, se puso la mano en la espalda para intentar quitarse los tirantes casi inexistentes que mantenían la parte de arriba del bikini en su sitio.

Lucas no podía estar más excitado. Le gustaba aquella timidez. No era algo con lo que estuviera familiarizado. Se inclinó hacia ella.

–Hueles a sol –murmuró–. Y no creo haber deseado nunca a ninguna mujer como te deseo a ti ahora mismo.

–Yo también te deseo –respondió Katy con voz ronca.

Trazó con indecisión la columna de su cuello con un dedo y luego, animada, la firme línea de su mandíbula. Después los músculos de sus omóplatos. El corazón le latía con fuerza y cada vez que respiraba le parecía que iba a gemir.

Lucas puso los labios sobre los suyos y le metió la lengua en la boca, explorándola y saboreándola, y provocando en ella una embriagadora serie de reacciones que despertaron una respuesta furibunda en cada parte de su cuerpo. Le puso las manos en los hombros y unió los muslos para frotárselos para calmar el hormigueo que sentía entre ellos.

Lucas apoyó contra ella su abultada erección, separándole suavemente las piernas y colocándose entre ellas. Luego se movió despacio mientras seguía besándola.

Le mordió el labio inferior, seduciéndola hasta que Katy contuvo la respiración y cerró los ojos, temblando como una hoja.

No creía que pudiera haber nada en el mundo que supiera tan bien como su boca sobre la suya, y lo apretó contra sí con manos ansiosas.

Deseó haberse librado del biquini, porque ahora era una molestia que separaba sus cuerpos.

Se revolvió debajo de él, y, sabiendo lo que quería hacer, Lucas la ayudó a deshacer los nudos. Luego se incorporó para ponerse a horcajadas sobre ella y la miró con sus ojos oscuros nublados por el deseo.

Katy nunca había pensado en el sexo sin relacionarlo con el amor y nunca había pensado en el amor sin

imaginarse un cuadro con todo el paquete, desde el matrimonio hasta los hijos.

Gran error. En aquella película, su cuerpo solo era algo relacionado con todo el conjunto y no algo que necesitara satisfacer sus necesidades por derecho propio. El hecho de que nunca se hubiera sentido tentada solo había consolidado en su cabeza la idea de que el sexo no era lo que todo el mundo decía que era.

Cuando el deseo la llevó a tomar la importante decisión de tirar por la borda sus deseos y acostarse con él, lo hizo sin tener conocimiento previo de lo maravilloso y liberador que iba a ser para ella.

Sí, se lo había imaginado.

Pero... ah, en la práctica era salvajemente distinto. Se sentía feliz y absolutamente convencida de que lo que estaba haciendo era lo que tenía que hacer.

Ardiendo de pasión, miró a Lucas, que a su vez la estaba mirando. Era tan grande, tan peligroso, tan oscuramente guapo, y la estaba mirando como si ella fuera algo valiosísimo. El obvio deseo de sus ojos apartó a un lado las inhibiciones de Katy y cerró los ojos con un suspiro mientras Lucas se inclinaba sobre ella para recorrerle la clavícula con la lengua.

Luego le sujetó las manos a los costados, convirtiéndola en una prisionera dispuesta a serlo. Entonces acercó la boca a uno de sus pezones. Se lo succionó, metiéndoselo en la boca mientras le acariciaba el erecto pezón con la lengua.

Katy nunca se había imaginado que el sexo pudiera ser así. Salvaje, en carne viva y básico. La arrastraba en una ola de pasión que tenía la fuerza de un tsunami. Aquella no era una conexión física con un chico amable, considerado y detallista que le había regalado flores y le había hablado de un futuro con final feliz. Aquella era la conexión física con un hombre que no le había prometido nada

más que sexo y que se alejaría de ella en cuanto su estancia en el yate tocara a su fin.

La lengua y la boca de Lucas contra el pezón le estaba enviando flechas punzantes de sensaciones a través de todo el cuerpo. Katy estaba en llamas cuando él se apartó para quitarse el bañador. El bulto que había sentido apretado contra ella era impresionantemente grande, lo suficiente para que sintiera un momento de pánico total. Porque, ¿cómo diablos iba a caber algo tan grande dentro de ella y hacerle sentir bien al mismo tiempo?

Pero aquel miedo no echó raíces porque el deseo lo estaba calmando. Lucas se acomodó en la cama y le tiró de la parte inferior del biquini.

Katy cerró los ojos y le escuchó reír entre dientes.

–¿No te gusta lo que ves? –bromeó Lucas. Y ella le miró con recelo–. Porque a mí me encanta lo que veo.

–¿De veras? –susurró Katy. Se sentía fuera de lugar y empezó a hacer todo tipo de comparaciones mentales entre su cuerpo como de niña y las mujeres que seguramente se llevaba Lucas a la cama. No iba a dejar que aquello la obsesionara, pero no era idiota. Lucas Cipriani podía tener a cualquier mujer que quisiera, y aunque ella estaba contenta con su físico, aquella confianza se vino un poco abajo como era de esperar al pensar que el hombre que estaba en la cama con ella era el sueño de cualquier mujer.

Lucas sintió una punzada de pura rabia contra Powell, un hombre cuya existencia ignoraba una semana atrás. No solo había destruido la fe de Katy en el sexo opuesto, sino que además había minado su autoestima. Cualquier ser humano con ojos podría haberle dicho que era espectacular.

Se inclinó para saborear su boca jugosa mientras le deslizaba suavemente la mano entre los muslos.

No estaba completamente afeitada allí abajo y eso le gustaba. Disfrutó de la sensación de su suave vello en-

tre los dedos. Jugueteó un poco antes de insertar un largo dedo en su interior.

Fue algo electrizante. Lucas introdujo el dedo con indolencia en varios embates hasta encontrar su centro y el pequeño botón que tembló cuando lo acarició. Atrapada por unas sensaciones que no había experimentado nunca, Katy gimió y se agarró a él llena de frenesí y deseo. Estaba desesperada por surfear la cresta de aquella ola que iba creciendo y sus quejidos se transformaron en gemidos suaves y contenidos. Arqueó la espalda elevando los senos, invitándole a saborearle los pezones con la lengua.

Lucas la soltó un instante para sacar un preservativo de la cartera y enseguida volvió a colocarse sobre ella, abriéndole las piernas con el muslo y colocándose entre ellas. Con los nervios recuperados, Katy le acarició la espalda con manos curiosas, trazando la dureza de sus músculos y tendones.

El cobrizo cabello le caía en mechones sobre los hombros y se expandía como llamas de fuego por la almohada. Lucas le apartó algunos mechones con una caricia y la besó.

—Te deseo —murmuró Katy en su boca. Y sintió cómo Lucas sonreía. El deseo era una fuerza arrebatadora dentro de ella que la dejaba sin control y le quitaba la capacidad para pensar con claridad, o para pensar sin más.

Sintió la impaciencia de Lucas y su deseo, que era tan poderoso como el de ella, cuando entró en su cuerpo con un embate largo y profundo que la hizo gritar. Lucas se quedó quieto y frunció el ceño.

—No te pares —le rogó ella incorporándose para que pudiera hundirse más en su interior. Estaba muy húmeda y preparada.

—Estás muy apretada —murmuró Lucas con voz ronca—. No puedo describir la sensación, *mia bella*.

—No hables —jadeó Katy, urgiéndole hasta que la embistió con fuerza.

Entonces el dolor dio paso a una creciente sensación de placer mientras Lucas la llevaba más y más alto hasta que por fin alcanzó el orgasmo... y fue la experiencia más extracorpórea que podía haberse imaginado jamás. Envuelta en estremecimientos, se dejó llevar volando hasta que fue descendiendo débilmente de regreso al planeta Tierra. Luego lo único que deseó fue rodearle con sus brazos y apretarlo con fuerza contra sí.

A Lucas le gustó que le abrazara. Normalmente, no era muy dado a los abrazos, pero había algo extraordinariamente ingenuo en ella y eso le parecía muy atractivo.

Se retiró con cuidado de ella y luego la miró con el ceño fruncido. Su cerebro empezó a hacer conexiones que tomaron la forma del cuadro completo, y no podía creérselo.

No había mucha sangre, solo unas cuantas gotas. Lo suficiente para que Lucas supiera que ni su timidez ni su inseguridad habían sido fingidas. Katy se sonrojaba como una virgen porque eso era exactamente. La miró fijamente.

–Esta es tu primera vez, ¿verdad?

Para Katy aquello fue el equivalente a un cubo de agua fría arrojado en la cara. No se le había ocurrido que pudiera darse cuenta. Dio por hecho sin pensarlo mucho que, si ella no decía nada, Lucas nunca sabría que había perdido la virginidad con él. No quería que lo supiera porque el instinto le decía que eso no le iba a gustar.

Para un hombre que no se comprometía y que siempre estaba advirtiendo de los peligros de los compromisos, una virgen resultaba lo más inaceptable.

Katy se acobardó y apretó los puños porque hacer el amor con Lucas había sido lo más maravilloso de su vida, lo más hermoso que le había sucedido jamás, y ahora todo se iba a ir al garete porque él se iba a poner furioso, y con toda la razón.

Trató de subirse la sábana porque no quería tener una discusión con él estando desnuda.

–¿Y qué? –Katy le miró de reojo algo sonrojada–. No es para tanto.

–¿No es para tanto? –repitió Lucas sin dar crédito a lo que oía–. ¿Por qué no me lo dijiste?

–Porque sabía cómo ibas a reaccionar –murmuró ella llevándose las rodillas al pecho y negándose a mirarle a los ojos por temor al mensaje que podría leer en ellos.

–Así que sabías cómo iba a reaccionar, ¿no?

Katy se atrevió a mirarle por el rabillo del ojo, pero enseguida apartó la mirada. Lucas descansaba con postura indolente en la cama. Ella se había cubierto todo lo que podía, pero Lucas era completamente indiferente a su propia desnudez.

–Quería hacerlo –Katy alzó la barbilla y le retó a rebatir aquel punto–. Y sabía que si te decía que nunca me había acostado con nadie antes de ti habrías salido corriendo, ¿a que sí?

Lucas torció el gesto.

–Seguramente habría sido un poco más cauto –reconoció.

–Habrías salido corriendo.

–Pero me habría sentido halagado –admitió con todavía más sinceridad–. También habría sido más delicado y me habría tomado más tiempo –se pasó los dedos por el pelo y se levantó de la cama. Caminó por la habitación hasta llegar a agarrar una toalla que colgaba en el respaldo de una silla. Se la puso en la cintura y luego volvió a sentarse a su lado en la cama–. Sí es para tanto –afirmó con dulzura. Le tomó las manos y le acarició las muñecas hasta que Katy relajó los puños–. Y, si he sido un poco brusco contigo, te pido disculpas.

–Por favor, no pidas disculpas –Katy sonrió con cautela y le acarició la cara. Fue un gesto tan íntimo que

estuvo a punto de retirar la mano a toda prisa, pero a Lucas no pareció importarle: de hecho, le tomó la mano y le dio la vuelta para poder darle un tierno beso en la cara interna de la muñeca.

–Eres preciosa, *cara*. No entiendo cómo has permanecido siendo virgen. Sin duda hubo más hombres antes de Powell, ¿no?

Katy se estremeció ante la mención del hombre responsable de que estuvieran ahora allí juntos en su yate. Era justo decir que, por muy terribles que fueran los recuerdos que tenía de él, ahora le parecían menos horribles. Tal vez algún día llegaría incluso a darle las gracias mentalmente porque no creía que pudiera llegar nunca a arrepentirse de haberse acostado con Lucas.

–Eso fue otra de las consecuencias de tener unos padres que eran pilares de la comunidad –Katy dejó escapar una carcajada–. Siempre había expectativas. Y sobre todo en un lugar tan pequeño, donde todo el mundo se conoce. La reputación se pierde en un abrir y cerrar de ojos. Aunque la verdad, yo no pensaba en eso –dijo pensativa–. Solo sabía que quería todo el paquete de matrimonio y amor, así que tal vez tuviera los estándares un poco altos.

Katy suspiró y miró de reojo a Lucas, que la estaba mirando con tanto interés que se le aceleró por completo el pulso.

–Cuando Duncan apareció, yo acababa de volver de la universidad y no estaba muy segura de qué hacer con mi vida. Recuerdo que mi madre me preguntó cómo me había ido con los chicos, y me di cuenta de que necesitaba dar un paso más, que era encontrar a alguien especial –miró a Lucas fijamente–. Me he acostado contigo porque quería hacerlo realmente. Dijiste muchas cosas... básicamente sobre aprovechar el momento...

–No sabía que me estaba dirigiendo a una chica que no tenía ninguna experiencia.

–Pero esa no es la cuestión –Katy estaba empeñada en que lo viera como ella–. La cuestión es que me has hecho pensar las cosas de otro modo. Sé que esto no va a ninguna parte, pero al menos fuiste sincero conmigo al respecto y me diste opción.

Duncan no le había contado la verdad sobre sí mismo, y aunque eso fuera solo una aventura de una noche, algo que ella se había prometido no hacer nunca, ¿acaso era peor perder la virginidad con Lucas que con un mentiroso como Duncan?

Katy alzó la vista para mirarle y Lucas inclinó la cabeza y la besó con mucha ternura en los labios. Podría haberla tomado allí mismo otra vez, pero Katy estaría dolorida. La próxima vez haría mejor las cosas, se tomaría su tiempo. Le desconcertaba pensar que hubiera sido virgen cuando llegó a él. Era un preciado regalo y lo sabía, aunque no entendía del todo qué la había llevado a dárselo a él.

–Sí, *cara*, no habrá un «para siempre» en nuestro caso, pero créeme si te digo que mientras estemos juntos te llevaré al paraíso una y otra vez. Aunque antes de eso... ¿te apetece darte una ducha?

Lucas se levantó y contempló su esbelta perfección.

–¿Contigo?

–¿Por qué no? –Lucas alzó las cejas–. Te sorprendería ver lo diferente que puede ser la experiencia cuando estás en la ducha con tu amante.

Katy se estremeció de placer al escuchar aquella palabra... «amante». Sacudió la cabeza y se rio.

–Creo que voy a relajarme un rato aquí y luego volveré a mi camarote.

Por supuesto que no habría un «para siempre»... y Katy estuvo tentada de decirle que lo entendía muy bien sin necesidad de que se lo recordara.

–¿Por qué? –Lucas frunció el ceño y luego se escuchó invitándola a quedarse con él, algo impactante.

Porque siempre se refugiaba en su intimidad, incluso cuando estaba con alguien. El sexo era una gran liberación, y su libido era tan sana como la de cualquier otro hombre, pero, cuando terminaba, su deseo de estar en su propio espacio siempre era más fuerte que la cercanía post-coital. Nunca había pasado una noche con una mujer.

–Porque necesito estar un rato sola.

En aquel momento Lucas sintió que, cuando estuvieran listos para dejar el yate, ya le habría presentado a Katy las alegrías de compartir la ducha y lo reconfortante que podía ser pasar la noche en su cama...

Katy se había quedado adormilada cuando oyó que llamaban a la puerta de su camarote. Por primera vez desde que llegó al barco de Lucas, se había retirado a la cama sin comer nada, aunque cuando salió de su camarote ya era tarde.

Su intención había sido escabullirse mientras él se duchaba, pero se había quedado donde estaba y habían pasado las siguientes horas el uno en brazos del otro. Tenía que decir en favor de Lucas que no había intentado volver a tener relaciones sexuales con ella.

–Puedo enseñarte un montón de maneras de satisfacernos el uno al otro –murmuró. Y había procedido a hacer justo eso.

Al final fue el cuerpo de Katy el que exigió más que el toque de su boca y la caricia de sus largos y expertos dedos. Fue ella quien le guio hacia su cuerpo y le pidió que entrara en él.

Fue una sesión maratoniana, y Katy regresó a su camarote exhausta, decidida a no pasar la noche en su habitación porque si dormía en su propia cama sería capaz de controlar la situación.

–¡Katy! ¡Abre la puerta!

Katy dio un respingo al escuchar la voz de Lucas gritándole al otro lado de la puerta cerrada. Saltó de la cama medio adormilada y abrió la puerta. Todas las fibras de su cuerpo respondieron con pánico al apremio de su voz.

Le miró consternada. Llevaba puestos unos vaqueros y una camiseta negra. No era el tipo de ropa que nadie se pondría para dormir.

—¡Lucas! ¿Qué hora es?

—Tienes que vestirte inmediatamente. Son poco más de las cinco de la mañana.

—Pero ¿por qué?

—No preguntes, Katy. Solo hazlo —Lucas entró en la habitación y empezó a abrir cajones. Sacó unos vaqueros y la primera camiseta que encontró. Aunque fuese tan temprano, fuera haría calor—. Maria está enferma —consultó su reloj—. Muy enferma. Tiene toda la pinta de tratarse de una apendicitis. Si nos retrasamos puede derivar en una peritonitis, así que tienes que vestirte, y rápido. No puedo dejarte en el yate sola.

Katy corrió al baño y se quitó la camiseta grande con la que dormía, reemplazándola por los vaqueros y la camiseta.

—¿Crees que haría algo malo si tú no estuvieras por aquí echándome un ojo? —preguntó sin aliento. Porque estaba claro que el paso de profunda intimidad que había dado con él no había significado nada para Lucas. Era un hombre capaz de distanciarse rápidamente, como había dejado claro.

—Ahora no, Katy.

—¿Cómo vamos a llevarla al hospital? —Katy se sonrojó, avergonzada por que sus pensamientos no hubieran ido directamente hacia la mujer a la que le había tomado cariño durante el tiempo que llevaba en el yate.

—En helicóptero no —le dijo Lucas. Todos sus movimientos eran veloces. La tomó del brazo para sacarla

apresuradamente del dormitorio–. Mi piloto tardaría demasiado en llegar y además no hay dónde aterrizar cerca del hospital.

Iban avanzando a toda prisa a una parte del yate que Katy no sabía que existiera, los intestinos de la enorme embarcación.

–Afortunadamente, estoy equipado para tratar cualquier emergencia. Y en respuesta a tu pregunta de antes... –Lucas la miró un instante. Estaba sonrojado y tenía el pelo revuelto. Resultaba tan adorable que se quedó literalmente sin aliento–. No te llevo conmigo porque crea que vayas a hacer algo malo en mi ausencia. Te llevo conmigo porque si te ocurriera algo y yo no estuviera cerca nunca me lo perdonaría.

Katy sintió un nudo en la garganta, pero se dijo al instante que no debía ser una idiota, porque aquello no era una declaración de cariño, sino la constatación de un hecho. Si se quedaba sola en el yate y necesitara ayuda de cualquier tipo no podría nadar hasta la orilla ni contactar con él. ¿Cómo podría vivir Lucas, o cualquiera en su lugar, con aquello?

Las cosas estaban sucediendo ahora a la velocidad del rayo. Con un movimiento que le pareció tan impresionante como un truco de magia, el lateral del yate se abrió y dejó al descubierto una lancha motora, un juguete caro dentro de otro juguete caro. Maria, con cara de dolor pero sin perder la sonrisa, los estaba esperando, y enseguida la acomodaron para llevarla a la isla.

Empezaba a amanecer cuando llegaron a la isla. Fue un amanecer rosado que dejó al descubierto árboles frondosos, flores y unos caminos estrechos y sinuosos que desaparecían en las colinas.

Un coche le estaba esperando, un cuatro por cuatro con un hombre mayor al volante. Llegaron a la ciudad en menos de media hora, y Maria fue recibida en la

zona de accidentes y urgencias y trasladada rápidamente al interior en una silla de ruedas. Todo se desarrolló como si estuviera perfectamente orquestado.

Katy apenas había tenido tiempo de respirar. Cuando por fin se llevaron a Maria al quirófano y ellos estaban sentados en la pequeña cafetería del hospital con una taza de café cada uno, empezó a mirar a su alrededor... y se dio cuenta.

–Tu nombre está por todas partes en este hospital.

Lucas se revolvió incómodo y miró a su alrededor.

–Eso parece.

–Pero, ¿por qué?

–Se construyó en gran parte con mi dinero –se encogió de hombros, como si fuera la respuesta más natural del mundo–. La familia de mi padre tenía una villa aquí y pasaba los veranos en la isla con mi madre y conmigo cuando yo era muy pequeño. Es casi lo único que mi padre no terminó dándole a alguna de sus exmujeres que le desplumaron durante el proceso de divorcio. Supongo que para él tenía un gran valor sentimental. Hubo un periodo prolongado en el que la villa casi no se usaba, pero en cuando pude empecé el proceso de remodelación. Tengo el dinero, así que cuando el director del hospital vino a pedirme ayuda lo natural para mí fue ofrecérsela.

Se sentía extraño compartiendo aquella información tan personal, y durante unos instantes experimentó la incomodidad de no estar al mando de su preciado autocontrol.

¿Qué tenía aquella mujer que le hacía comportarse de forma tan poco común en él? No de un modo que pudiera resultar desconcertante, porque Katy no hacía ni decía nada que pudiera despertar las alarmas, y sin embargo...

Lucas era extremadamente reservado, no le gustaba compartir nada. Pero aquella era la primera vez que estaba en la isla con una mujer. No solía ir con frecuen

cia, pero cuando lo hacía era solo y disfrutaba de la sensación de volver atrás a tiempos más felices. ¿Sería la necesaria presencia de Katy allí la razón por la que se estaba abriendo? En cualquier caso, ¿por qué le estaba dando tanta importancia?, pensó con ironía. Katy no había podido evitar ver su nombre en algunas de las salas, del mismo modo que seguro que también había notado lo deseoso que estaba el personal de agradarle.

—El antiguo hospital, que desde luego no era perfecto, fue destruido casi completamente hace algún tiempo por una tormenta. Me aseguré de que fuera reconstruido con la última tecnología. Aquí las infraestructuras no son muy complejas, pero es fundamental que todo funcione. Los habitantes locales viven de la exportación de productos, y por supuesto también del turismo. Los turistas en particular suelen ser gente de dinero que espera que todo funcione como un reloj. Incluido el hospital, si alguno de ellos decide ponerse enfermo.

Lucas torció el gesto.

—No hay nada más odioso que un turista rico al que le surge alguna incomodidad.

—Y supongo que tú no te incluyes en esa categoría, ¿verdad? –bromeó Katy.

Sus miradas se encontraron. Ella sintió mariposas en el estómago y que le daba un vuelco el corazón. No habían tenido oportunidad de hablar de lo que había pasado porque Katy se marchó a su propio camarote, y ahora estaban allí en medio de una circunstancia inesperada.

No sabía si aquello sería algo más que una aventura de una noche. Esperaba que sí. Había conectado con él y se sentiría perdida si esa conexión se cortara de pronto. Le daba pánico pensar así, pero tenía que ser sincera consigo misma y reconocer que Lucas no era el hombre que ella pensaba. Seguía siendo la última persona del mundo con la que se plantearía tener una relación sen-

timental, pero le había enseñado el poder de una relación sexual y, como una persona hambrienta a la que
llevaran de pronto a un banquete, no quería que la experiencia terminara. Al menos todavía.

Pero no habían dicho nada y ella no iba a ser la que
iniciara la conversación.

–¿Crees que soy odioso? –le preguntó Lucas con
voz suave.

Ella se sonrojó y se estremeció, consciente de que
aquellos ojos oscuros estaban clavados en su rostro.

–Mi opinión sobre ti ha cambiado –admitió Katy pensando en el hombre frío como el hielo que la había
puesto contra las cuerdas por un trato empresarial. Pensó
también que su opinión seguía cambiando. No quería
darle muchas vueltas, así que decidió cambiar de tema–.
¿Qué pasa con Maria? ¿Cuándo sabremos el resultado?

–Hay muchas posibilidades de que sea positivo –Lucas consultó su reloj–. Conozco personalmente al ciru-
jano y no hay ninguno mejor. Me he puesto en contacto
con su familia, que estará en la sala de espera, y he
pedido que me avisen en cuanto la operación haya terminado. No creo que haya ningún problema. Pero...

–Pero ¿qué?

–Esto significa que habrá un pequeño cambio de
planes.

–¿Qué quieres decir?

–No seguiremos en el yate. Para empezar, sin Maria
no habrá nadie que se ocupe de hacer la comida y de
todas las demás tareas de las que se encarga ella. Es
demasiado tarde para encontrar alguien que la sustituya
y que pueda alojarse a bordo. Así que tendremos que
trasladarnos a mi villa. Ahí puede venir alguien todos
los días, y además estaré a mano en caso de que surja
alguna complicación posoperatoria.

Lucas hizo una pausa.

–Maria trabajó para mi padre antes de... que empezara a salirse del carril. Mi madre le tenía mucho cariño, así que me aseguré de cuidar de ella y de su familia y también de que siguiera teniendo trabajo cuando las esposas de mi padre decidían que preferían tener a alguien más inteligente defendiendo los fuertes de sus propiedades.

Sonó el móvil de Lucas y alzó una mano mientras hablaba muy deprisa en italiano con la persona que llamaba. Las líneas de su rostro se suavizaron rápidamente al escuchar lo que le estaban diciendo.

–Todo ha salido según el plan –dijo–. Pero si no hubiera llegado al hospital cuando lo hizo la historia habría sido distinta. ¿Por qué no esperas aquí mientras yo hablo con su familia? No tardaré mucho. También me encargaré de que lleven tu ropa y tus cosas a la villa.

Lucas la miró e inclinó la cabeza hacia un lado. Luego se dio una palmadita en el bolsillo.

–Puedes llamar a tus padres si quieres –dijo con tono gruñón–. He comprobado tu móvil y he visto que te han hecho caso y no te han escrito, pero supongo que les gustará saber de ti.

Le tendió el teléfono y a ella le brillaron los ojos, porque por encima de todo aquello demostraba que finalmente confiaba en ella, y se dio cuenta de que eso le importaba mucho.

–¿Qué puedo decirles? –preguntó, encantada de no seguir ya bajo sospecha.

Se había roto una barrera entre ellos y le gustaba, sobre todo después de lo que habían compartido.

–Sé discreta –le aconsejó Lucas–. Pero estaría bien que no mencionaras demasiados nombres, aunque no creo que nada pueda salir mal en el trato a estas alturas. Está a punto de firmarse.

Se puso de pie dejándola con el móvil.

–Te veré enseguida y nos pondremos en marcha.

Capítulo 7

ACOSTADO en una tumbona de madera al lado de la piscina de horizonte infinito con vistas al mar turquesa que adornaba los frondosos jardines de su villa, Lucas miró a Katy mientras atravesaba el agua con la elegancia de un pez.

El cierre del acuerdo había tomado un poco más de tiempo de lo que Lucas pensaba, pero no se quejaba. De hecho, había animado a sus socios chinos a que revisaran bien todos los detalles. Mientras tanto...

Katy apareció al otro lado de la piscina y lo miró con una sonrisa.

El sol se había abierto paso a través de las nubes de primera hora de la mañana y había dejado un cielo perfectamente claro y azul. La villa estaba completamente aislada. Tenía árboles alrededor y se situaba en lo alto de una colina con vistas al mar. Lucas siempre había valorado su intimidad y nunca tanto como ahora, no quería perder ni un solo segundo de su tiempo con Katy ni con la aparición de un vendedor a domicilio. Aunque ningún vendedor podría atravesar las imponentes puertas de hierro que custodiaban su propiedad.

Había despachado a todos los miembros del servicio, asegurándose de que la villa estuviera abastecida con suficiente comida para su estancia. Solo estaban ellos dos.

En aquel momento, Katy estaba desnuda. Lucas esperaba que tras la rendición de cuatro días atrás, cuando le puso la mano en el muslo y le subió la tensión arterial,

daría tres pasos para delante y uno para atrás. Pensó que tendría conflicto con su virtuosa conciencia por haberse dejado llevar por el placer, pero lo cierto era que Katy se había entregado a él sin asomo de duda ni de vacilación. La admiraba por ello. Aunque estuviera librando alguna batalla interior, la había dejado atrás para darse generosamente.

–Aquí se está de maravilla –ella sonrió–. No seas vago y ven a nadar.

–Espero que eso no sea un desafío –bromeó Lucas poniéndose de pie, desnudo como ella estaba. No podía mirarla sin que su libido reaccionara como un cohete, y aquel momento no fue una excepción.

–¿El sexo es en lo único que piensas, Lucas? –pero Katy se estaba riendo cuando salió de la piscina con el agua resbalándole por el cuerpo.

–¿Te estás quejando? –los ojos de Lucas se oscurecieron y apretó los puños.

El deseo de tomarla era tan poderoso que le hacía marearse. Quería colocarla sobre una toalla y hacerla suya rápida y bruscamente, como un adolescente poseído por la testosterona. Cuando estaba cerca de Katy perdía el control.

–Por ahora no –dijo Katy sin aliento dirigiéndose directamente a sus brazos.

Tenían mucho sexo, sí, pero también hablaban, se reían y disfrutaban de un nivel de compatibilidad que ella nunca creyó posible cuando le conoció. Seguía siendo el hombre más arrogante que había conocido, pero también tenía muchas cosas más. No tenía ni idea de qué iba a pasar cuando volvieran a Londres y no quería pensar en ello. Tal vez seguirían viéndose... aunque no sabía cómo podría funcionar si ella era su empleada. Se dispararían los rumores y Lucas odiaría eso. Por primera vez en su vida, Katy estaba viviendo el momento y no iba a

permitir que el miedo o lo que pudiera o no pudiera esperar a la vuelta de la esquina destruyera su felicidad.

Lucas le agarró el prieto trasero, mojado por el agua de la piscina, y lo acarició entre sus manos acercándola a él de modo que su erección dura como una roca se apretó contra el vientre de Katy.

Ella le abrazó, jugueteó con él, sintió el modo en que le cambiaba la respiración y su cuerpo se ponía rígido. No podía evitar que le encantara el modo en que reaccionaba ante ella. La hacía sentirse poderosa y sexy.

–Soy demasiado grande para tener sexo en la hamaca –murmuró Lucas.

–¿Quién ha hablado de sexo? –jadeó ella–. Podemos solo... ya sabes...

–Creo que me hago una idea –Lucas soltó una carcajada ronca y la colocó en la hamaca acolchonada con la presteza con la que un artista lo haría con la modelo que iba a pintar. La tumbó en el lugar adecuado con las piernas abiertas colgando a cada lado de la tumbona, dejándola abierta para sus caricias.

Luego se sentó a los pies de la tumbona sobre su enorme toalla de playa, tiró suavemente de ella hacia su boca y empezó a saborearla. Deslizó la lengua dentro de ella, encontró su clítoris y se lo lamió delicadamente, provocando pequeñas explosiones de placer a través de Katy. Luego siguió lamiéndola y acariciándola, sabiendo en qué punto empezaría a retorcerse contra su boca a medida que esas pequeñas explosiones fueran haciéndose más y más imposibles de controlar.

Cuando Lucas alzó la vista pudo ver sus pequeños senos puntiagudos y coronados por el rosado de sus pezones, erectos por el agua que se secaba en ellos. Tenía los labios entreabiertos y las fosas nasales dilatadas mientras jadeaba con los ojos cerrados.

Una idea le cruzó por la mente. No tenía los preservativos a mano. ¿Qué pasaría si la agarraba en aquel momento, se la ponía encima y dejaba que Katy los llevara a ambos a uno de esos increíbles orgasmos que parecían expertos en darse el uno al otro? ¿Y si se sentía dentro de ella sin la barrera del preservativo? ¿Tan malo sería? No tenía por qué haber un embarazo.

Asombrado de que se le pasara semejante idea por la cabeza, Lucas se detuvo un segundo. Nunca en toda su vida se le había ocurrido nada parecido, y eso implicaba una falta de control que le resultaba perturbadora.

Apartó de sí aquel pensamiento vagabundo que había surgido de la nada y deslizó un dedo dentro de ella. Sintió cómo empezaba a tener espasmos al acercarse al clímax.

El orgasmo le llegó contra la boca de Lucas, arqueándose con un grito de intensa satisfacción, y entonces y solo entonces le permitió Lucas que le tocara con la boca y con las manos.

El descarriado deseo de tomarla sin protección había sido expulsado bruscamente de su cabeza, pero le dejó un ligero sabor de incomodidad en la boca cuando ambos se recuperaron y se metieron en la piscina para refrescarse.

Katy nadó hacia Lucas, pero él se puso tenso y se dio la vuelta, haciendo a toda velocidad cuatro largos sin salir apenas a la superficie para tomar aire mientras ella le observaba desde un lado. ¿Acababa de rechazarla o se lo había imaginado? Desde luego, no había hecho lo habitual, abrazarla para bajar de las alturas con su cuerpo todavía apretado contra el suyo.

Consciente de que aquella no era una situación normal, que era el equivalente a la aventura de una noche extendida un poco más en el tiempo, Katy salió de la piscina y se acercó a su toalla, cubriéndose completamente con ella. Luego siguió mirando a Lucas nadar, su cuerpo fuerte y bronceado deslizándose por el agua con rapidez y eficacia.

Lucas no la miró ni una sola vez, y tras cinco minutos se retiró a la villa, a la suite con baño asignada para ella pero que apenas utilizaba ahora que Lucas y ella eran amantes.

La villa era impresionante, tenía muchos rincones y recovecos en los que poder relajarse y grandes ventanales abiertos a través de los cuales la brisa circulaba libremente por la casa. Carecía de la engominada sofisticación del yate y tenía un estilo más bien colonial con aquella impactante mezcla de madera, cortinas de muselina ondeante en las ventanas, persianas y ventiladores de techo. A Katy le encantaba. Se sentó con su libro en una mecedora en el amplio porche que rodeaba la fachada de la villa.

Siguió esperando a que Lucas apareciera, pero finalmente se rindió y se quedó adormilada. Eran poco más de las cuatro, pero todavía hacía mucho calor y no había ninguna nube.

Intentó que su mente no divagara, conteniéndola cada vez que intentaba soltarse de la cadena y preocuparse por la reacción que había tenido Lucas antes. Katy no fue muy consciente del paso del tiempo, solo se fijó al darse cuenta de que el sol había empezado a descender, por lo que debieron de haber transcurrido varias horas.

Asustada, se puso de pie y se dio la vuelta para encontrarse con el objeto de sus calenturientas imaginaciones de pie en la puerta... y no sonreía. De hecho, el tipo de excelente humor y sexy con el que había pasado la última semana había desaparecido.

–¡Lucas! –Katy forzó una sonrisa–. ¿Cuánto tiempo llevas ahí? Estaba leyendo... eh... he debido de quedarme dormida.

Lucas vio el dolor bajo aquella sonrisa radiante y supo que era él el causante. Le había dado la espalda y se había echado a nadar, y siguió haciéndolo porque necesitaba aclararse la mente. Cuando por fin se de-

tuvo, Katy se había marchado y él luchó contra el deseo de ir a buscarla porque no iba a permitir que una simple aventura sexual le hiciera perder el control. Cuando volvieran a Londres aquello terminaría y su vida volvería a la normalidad, tal y como debía ser. Así que mantendría las distancias, y eso molestaría a Katy. Apretó las mandíbulas y se centró en lo que realmente importaba ahora, que era aquel giro en los acontecimientos que ninguno de los dos podría haber predicho.

–Has estado hablando con tus padres. ¿Qué les has contado exactamente?

–No sé de qué me estás hablando, Lucas.

–Inténtalo. Piensa un poco –avanzó para colocarse delante de ella, con las líneas de su bello rostro tirantes y malhumoradas–. ¿Le has dicho a alguno de los dos dónde estabas? ¿O qué haces aquí? ¿Y con quién estás?

–Me... me estás poniendo nerviosa, Lucas. Déjame pensar... no. No. Solo le dije a mi madre que estaba en Italia, que era preciosa, hacía muy buen tiempo y lo estaba pasando muy bien...

–He pasado la última hora al teléfono con la empresa china. Parece que Powell les ha dicho que no soy la clase de persona con la que se deben hacer negocios. Que soy de esos hombres que seducen a chicas inocentes, y por lo tanto no se puede confiar en mí. Al parecer, la noticia ha corrido como la pólvora y se ha hecho la conexión. Alguien en alguna parte ha llegado a la conclusión de que estamos juntos y las redes sociales han puesto la información directamente en manos de Powell, dándole munición para hacer estallar mi acuerdo por los aires en el último minuto.

Katy palideció. Cuando Lucas decía «se ha hecho la conexión», era fácil ver cómo. Habían estado en la ciudad varias veces durante los últimos días para ver a Maria y para hacer un poco de turismo. Lucas podría

haber sido reconocido por cualquiera y podrían haberles hecho una foto a escondidas juntos, etiquetarla y
publicarla en alguna red.

—Esto no es culpa mía, Lucas. Ya sabes lo lejos que
llegan las redes sociales –pero sí era culpa suya. Ella era
la que tenía conexión con Duncan, y, si el rumor se había
extendido, quién sabía lo que su madre podría haber co-
mentado en el pueblo. Alguien podría ser amigo de Duncan en Facebook o algo parecido. Se le tiñeron las mejillas de rojo por la culpabilidad, pero antes de que pudiera
defenderse, Lucas levantó una mano para acallar su pro-
testa.

—No voy a perder el tiempo hablando otra vez de
esto –frunció el ceño y suspiró–. No estoy jugando a
echarle la culpa a nadie, Katy. Y tienes razón: ya no hay
intimidad en ninguna parte. Si alguien tiene la culpa
soy yo, porque tendría que haber sido más cuidadoso
con mis movimientos aquí. Es un sitio pequeño y yo
soy muy conocido. Es el momento del año en que hay
más turistas, y todos tienen móviles con cámara. Pero
la cuestión es que ahora tengo un problema importante.
No, tal vez debería aclarar eso: cuando digo que tengo
un problema importante, sería más justo decir que los
dos tenemos un problema importante. Tu ex se acercó a
Ken Huang y le contó una historia, y hay una amenaza
subyacente de ir a la prensa y hacer pública esta sórdida historia del multimillonario mujeriego y sin escrú-
pulos que se aprovecha de una chica inocente.

Katy palideció.

—Duncan no sería capaz de...

Pero sí lo sería.

—Se ha aprovechado de tu inocencia hasta el fondo.

—Él sabía... –Katy tragó saliva–. Sabía que yo no tenía
experiencia. Nunca pensé que utilizaría aquella información contra mí. Confiaba en él cuando se lo conté.

En medio de aquella creciente pesadilla, Lucas descubrió que el acuerdo que tendría que haber tenido en primera línea de su cabeza quedó ensombrecido por la simpatía visceral que sentía hacia Katy y hacia la vulnerabilidad de la que se había aprovechado Powell.

Lucas se sentó en una mecedora a su lado y cerró los ojos durante unos segundos mientras sopesaba las opciones para limitar los daños. Luego la miró.

–Ese hombre debe de tener algún interés oculto –afirmó Lucas–. Dime cuál puede ser.

–¿Qué importa eso?

–En este caso todo importa. Si necesitamos usar una palanca, tengo que saber dónde colocarla. Yo no juego sucio, pero estoy dispuesto a hacer una excepción en este caso.

–Todo terminó muy mal entre Duncan y yo –Katy le miró de reojo con expresión culpable antes de bajar la vista–. Como podrás haber imaginado. No hubiera sido tan horrible si yo hubiera sabido lo de su mujer y sus hijas después de acostarme con él. Pero creo que él estaba doblemente rabioso, no solo porque me enteré de que estaba casado, sino porque no había conseguido llevarme a la cama antes de que yo lo averiguara.

–Hay hombres que son unos malnacidos –le dijo Lucas con rotundidad–. También debo decir que algunas mujeres dejan mucho que desear. Es la vida.

–Te refieres a esas mujeres con las que se casó tu padre –murmuró ella distraída pensando que en cierto aspecto sus acercamientos a la vida habían quedado mancillados de forma similar debido a experiencias desafortunadas con el sexo opuesto.

Era fácil pensar que al proceder de un ambiente muy distinto al de otras personas, las cosas que afectaban a las decisiones que se tomaban tenían que ser diferentes, pero aquel no era siempre el caso. El dinero y los privi-

legios de Lucas no habían sido en ese caso mejor garantía de éxito que la familia estable y sencilla de Katy.

Lucas se encogió de hombros.

—No tengo más tiempo para cazafortunas —murmuró entre dientes—. Al menos un hombre con la cabeza en su sitio tiene una posibilidad de luchar al reconocerlas y tomar las precauciones necesarias. Al parecer, tú no tienes ninguna probabilidad de sobrevivir frente a un depredador experto. Continúa.

—Se lo conté a mi mejor amiga —siguió Katy con una mueca—. Me sentía como una idiota. Claire tenía mucha más experiencia que yo, y se quedó lívida cuando le hablé de los mensajes de su mujer que había visto por casualidad en su móvil. Duncan cometió el error de dejarlo en la mesa cuando estábamos comiendo fuera y fue al baño. Saltó un mensaje con sonido recordándole que llamara a las niñas para darles las buenas noches y para recordarle no sé qué fiesta a la que iban a ir el fin de semana. A mí me había dicho que tenía un viaje de negocios. Siempre me decía que los fines de semana eran complicados para él porque estaba montando un negocio de fotografía y era el único momento en que podía trabajar en él porque el resto de la semana estaba ocupado en el banco.

—Una excusa muy refinada —murmuró Lucas—. Está claro que el tipo se la trabajó.

—Eso fue lo que dijo Claire. Aseguró que seguramente yo no era la primera, y por supuesto eso no me hizo sentir mejor en absoluto.

Katy torció el gesto.

—En cualquier caso, Claire empezó a indagar un poco por ahí. El mundo es un lugar muy pequeño en estos días. Descubrió que era un mujeriego empedernido y se fue a ver a su mujer.

—Ah.

—En aquel momento yo no tenía ni idea de que aquel

fuera su plan, y después me confesó que no tenía muy claro qué la había llevado a tomar una decisión tan drástica. Pero estaba enfadada por mí y, en cierto modo, enfadada por todas las demás chicas que habían sido engañadas para acostarse con él. Su matrimonio se fue al traste después de eso, así que...

–Ahora lo entiendo todo perfectamente. El ex que te odia y te hace responsable de la ruptura de su matrimonio tiene ahora el vehículo perfecto para vengarse con sus propias manos.

–Si te hubiera contado la historia entera al principio te habrías dado cuenta de que era imposible que yo fuera alguna especie de infiltrada. Entonces no habríamos acabado aquí y nada de esto estaría sucediendo ahora.

Lucas sonrió con tristeza.

–¿De verdad crees que eso es lo que hubiera pasado?

–No –respondió Katy con sinceridad–. Tú no me habrías creído. Yo habría sido culpable hasta poder demostrar mi inocencia.

En aquel momento Lucas se había mostrado como un autócrata suspicaz y arrogante. En ese momento...

Katy no sabía cómo estaba y no quería pensar demasiado en ello. Estaban metidos en un lío y empezaba a ver los recovecos de la historia. Si Duncan decidía vengarse publicando una historia sobre un sórdido encuentro amoroso entre Lucas y ella, no solo quedaría arruinado el acuerdo de Lucas, sino que además tendría que enfrentarse al horror de todo el mundo cotilleando a sus espaldas. Su reputación quedaría hecha jirones. Por mucho que se pudiera desmontar una mentira, el lodo salpicaba inevitablemente. Aunque Lucas asegurara que no le importaba la opinión de los demás, sería una carga demasiado pesada

Y todo sería culpa de Katy.

¿Podía permitir que eso ocurriera?

Y, además, aparte de Lucas, estaba la cuestión de

ella y de sus padres. Nunca superarían la vergüenza. Katy se ponía mala al pensar en su decepción y los murmullos que circularían por el pueblo como un fuego del bosque fuera de control. Cuando fuese a visitarles la gente se la quedaría mirando. Sus padres no tocarían el tema, pero ella vería la tristeza en sus ojos.

Estaría en el ojo del huracán de la prensa sensacionalista: «Virgen desesperada inicia una sórdida aventura con un multimillonario encantado de utilizarla unos días antes de descartarla». «Joven inocente y triste se ve atraída hacia una villa por sexo y es demasiado tonta como para darse cuenta de su propia estupidez».

—¡Cásate conmigo! —le espetó. Y luego le miró con los ojos muy abiertos y asustados.

Se puso de pie de un salto y empezó a recorrer el porche antes de sentarse en un sofá de tres plazas y subir las rodillas al pecho.

—Olvida lo que he dicho.

—¿Olvidar que he recibido una proposición de matrimonio? —bromeó Lucas acercándose al sofá y sentándose con el cuerpo orientado hacia ella—. Es la primera vez que me pasa...

—No ha sido una proposición de matrimonio —murmuró Katy mirándole con las mejillas teñidas de color.

—¿Estás segura? Porque yo he oído con claridad las palabras «cásate conmigo».

—No era una proposición de verdad —aclaró Katy toda roja—. Solo me pareció que... si Duncan hace lo que amenaza con hacer... y supongo que lo hará, si ya ha empezado a dejar caer cosas a tu cliente... entonces no solo tu acuerdo está en peligro.

—Arruinado —aclaró Lucas—. Envuelto en llamas. Ahogado en el agua y sin posibilidad de salvación.

—Todas esas cosas —murmuró Katy sintiendo una oleada de culpabilidad. Aspiró con fuerza el aire y le

miró directamente a los ojos–. No es siquiera una proposición de matrimonio –se explicó–, sino de compromiso. Si estamos prometidos, Duncan no puede hacer correr ningún rumor sobre sórdidas aventuras y no puede manchar tu reputación dando a entender que eres el típico mujeriego dispuesto a aprovecharse de una joven inexperta.

Lucas no decía nada, y Katy lamentó que así fuera. De hecho, ni siquiera podía adivinar qué estaba pensando porque tenía la expresión muy cerrada.

–Tu acuerdo puede seguir adelante –continuó–, y tú no tendrás que preocuparte de que la gente hable a tus espaldas.

–Eso nunca me ha importado.

Katy sintió ganas de sonreír, porque aquella era la respuesta predecible. Luego pensó en la gente hablando mal de él y se le encogió el corazón.

–¿Qué ganas tú con esto?

–Para empezar –le dijo Katy con total sinceridad–, estás en esto por mi culpa. Para seguir, sé lo mucho que significa este acuerdo para ti. Y para terminar, no se trata solo de ti. También estoy yo. Mis padres se quedarían devastados y no puedo soportar la idea. Y tal vez a ti no te importe lo que la gente piense de ti, pero a mí sí. No podría seguir en ninguno de mis empleos por la vergüenza, y me costaría mucho trabajo enfrentarme a la gente que conozco de toda la vida.

Katy se dio cuenta poco a poco de que había algo oculto en el tono dulce de Lucas cuando le preguntó qué ganaría ella con eso, algo que no registró en el momento, pero que ahora empezaba a revelarse con claridad.

–Podría funcionar –Katy alzó la barbilla en un gesto desafiante para rebatir la oculta insinuación que le parecía entender tras sus palabras. Quizá lo había interpretado mal, pero lo dudaba–. Y funcionaría de maravilla

precisamente porque entre nosotros no hay vínculo emocional. Quiero decir, que no hay peligro de que yo me crea que estoy haciendo algo que no sea interpretar un papel. Tú conseguirías cerrar tu trato, podríamos detener un posible desastre y yo sería capaz de seguir viviendo conmigo misma.

–¿Me estás presentando una proposición de negocios, Katy? –Lucas le dedicó una media sonrisa que estuvo a punto de hacerla tambalearse–. ¿Tú, la última romántica, me estás proponiendo un acuerdo empresarial que incluye un compromiso falso?

–Tiene sentido –se defendió ella.

–Eso parece –murmuró Lucas–. Y dime, ¿cuánto tiempo se supone que debe durar este falso compromiso?

No podía evitar que le hiciera gracia que aquello procediera de una chica que personificaba todo lo que oliera a flores, bombones, almas gemelas y llegadas al altar con un vestido de novia de color merengue.

Pero enseguida se le cruzó por la mente otro pensamiento menos divertido.

¿Habría convertido él a Katy en algo que no debía ser? Le había mostrado las maravillas del sexo sin ataduras porque aquello era algo que a él le funcionaba, pero ¿habría cambiado su esencia en el proceso? Por alguna razón aquel pensamiento no le gustó, pero dejó a un lado sus reservas y decidió optar por la explicación directa que ella le había dado: aquella solución funcionaría tanto para Katy como para él.

Ella se encogió de hombros.

–Todavía no me has dicho si te parece una buena idea o no.

–A mí no se me habría ocurrido ninguna mejor –Lucas sonrió y luego la miró muy serio–. Pero debes saber que nunca te pediría que hicieras algo con lo que no te sintieras cómoda.

A Katy volvió a darle un vuelco el corazón.

—Me siento muy cómoda con esto, y en cuanto a la duración, la verdad es que no me he parado mucho a pensarlo.

—Vas a engañar a tus padres —le señaló Lucas con brusquedad.

—Soy consciente de ello —Katy suspiró y jugueteó con las puntas de su largo cabello, frunciendo ligeramente el ceño—. Nunca he pensado que el fin justifique los medios y odio la idea de mentir, pero, entre todas las opciones, esta me parece la menos mala.

Lucas la miró largamente con expresión dura.

—Así que somos una pareja enamorada —murmuró entornando los oscuros ojos—. De hecho, estamos tan enamorados que nos hemos escapado para pasar un tiempo romántico en mi yate y poder estar juntos sin interrupciones del mundo exterior. A tus compañeros de trabajo les va a resultar un poco difícil de creer.

—Te sorprendería saber cuánta gente cree en el amor a primera vista —Katy sonrió—. El hecho de que tú seas un miserable cínico respecto al amor no significa que el resto de nosotros lo seamos también...

—Así que ahora soy un miserable cínico —se burló Lucas estirando los brazos para atraerla hacia sí—. Dime cómo es posible que te hayas enamorado locamente de un miserable cínico.

—¡En absoluto! —Katy se rio mirándole. El corazón volvió a darle un nuevo vuelco, y le dio la sensación de que había estado navegando en paz hasta que de pronto encontró turbulencias—. Me temo que lo que hay aquí es una chica que solo podría enamorarse de alguien tan romántico como ella.

Frunció el ceño y trató de imaginarse a esa persona especial, pero el único rostro que le aparecía era el de Lucas.

–Si vamos a prometernos, tenemos que conocernos mucho mejor –le dijo Lucas.

Admiraba aquella vena tan práctica en ella que la había llevado a proponer una solución así. Aunque... ¿por qué debería sorprenderle? Era un genio de la informática, y seguramente indicaba una parte de ella de la que Katy tal vez no fuera siquiera consciente.

Lucas se puso de pie con los dedos entrelazados en los suyos y la guio hacia la villa en dirección a su dormitorio.

–¿Qué vas a hacer conmigo cuando el compromiso haya terminado? –murmuró abriendo la puerta de la habitación y luego llevándola hacia la cama mientras ella trataba de contener la risa–. Me refiero... –bajó la cabeza y la besó, deslizándole la lengua en la boca y provocando fuegos artificiales en su interior–. Doy por hecho que, ya que eres la que ha ideado este plan tan inteligente de fingir un compromiso, seguramente tendrás otro igual de brillante para librarte de mí. Así que dime, ¿cómo lo vas a hacer?

Lucas le deslizó la mano bajo la camiseta y el calor de su piel lanzó su cuerpo en órbita al instante. No llevaba sujetador, y curvó la mano por su pecho acariciándole el pezón hasta que lo tuvo erecto entre sus expertos dedos. Cayeron sobre la cama, Lucas la colocó debajo de él y se puso a horcajadas sobre ella para poder verle la cara mientras seguía acariciándola.

Como de costumbre, el cerebro de Katy perdió la capacidad de carburación, sobre todo cuando le levantó la camiseta y se inclinó para succionarle un pezón. Sus miradas se encontraron y luego él le deslizó la lengua por el endurecido montículo antes de poner la atención en sus carnosos labios, besándola otra vez hasta que Katy sintió que iba a explotar.

–¿Y bien? –Lucas le acarició con la boca el cuello y ella se retorció debajo con las manos en su cintura y más abajo, sintiendo sus nalgas.

–O creo que sencillamente nos distanciaremos –murmuró Katy–. Ya sabes, esas cosas pasan. Tú estarás trabajando mucho y pasarás la mayor parte del tiempo en el Lejano Oriente debido al trato que habrás conseguido cerrar. Yo me sentiré cada vez más sola y... ¿quién sabe? Tal vez encuentre a algún hombre guapo que me ayude a soportar mi soledad...

–No si yo puedo evitarlo –gruñó Lucas poniéndole una mano entre las piernas y frotando hasta que la presión de su mano hizo maravillas en ella a través de la barrera de la ropa.

–No –gimió Katy retorciéndose contra su mano al sentir los albores del orgasmo–. Tengo que reconocerlo –jadeó clavándole los dedos en los hombros–. Eso de encontrar otro hombre no funcionará, así que tal vez te cansarás de mí porque no estoy cerca y encuentres a otra persona que ocupe mi lugar...

Odiaba la idea, pero se rio nerviosa para seguir el juego.

–No hablemos de eso –le desabrochó el botón de los pantalones y le bajó con torpeza la cremallera. Sus miradas se encontraron–. Podemos estar prometidos durante... dos meses. Tiempo suficiente para darnos cuenta de que realmente no somos compatibles y a la vez lo bastante corto para que no haya un daño irreparable.

–Tú mandas –Lucas le mordisqueó el cuello, se apartó un instante para quitarse la camiseta y luego procedió a desnudarla muy, muy despacio. Cuando estuvo completamente desnuda le abrió las piernas y se quedó mirando durante unos segundos mágicos su maravillosa desnudez–. Y me gusta... Pero basta de charla. Ha llegado el momento de la acción, futura esposa...

Capítulo 8

KATY tuvo una semana para pensar en lo que sucedería cuando volvieran a Londres. El sorprendente anuncio de su compromiso había salido en los titulares a bombo y platillo, como si fuera un bando real.

Estaban sentados en la placita de la ciudad isleña tomando un café al sol mientras ella repasaba los periódicos y el móvil y leía en voz alta algunas de las descripciones más indignantes del escenario de «amor a primera vista» al que Lucas apenas había hecho referencia cuando llamó primero al angustiado Ken Huang y luego a su asistente personal, dándole instrucciones para que informara a varios conocidos de la prensa.

A Lucas le había hecho gracia su reacción ante lo que para él no era tampoco tan sorprendente teniendo en cuenta lo rico y poderoso que era.

Estaban a punto de regresar a Londres. Estaba previsto que el helicóptero que los había dejado en el yate aterrizara en menos de media hora. Los acontecimientos de los últimos días ya no le parecían un sueño surrealista que no estaba ocurriendo de verdad.

Una cosa era leer las páginas centrales de los periódicos sensacionalistas y maravillarse por estar leyendo sobre sí misma, y otra muy distinta dirigirse directamente al ojo del huracán donde, tal como le había advertido Lucas, todavía podría quedar algo de interés por parte de la prensa.

–Al menos hemos tenido algo de tiempo para que se enfríe la historia –le había dicho él–. Aunque no hay nada que le guste más al público que una buena historia de amor al estilo antiguo.

–Excepto una buena historia de ruptura al estilo antiguo –bromeó Katy.

Lucas se rio, pero ahora que la historia era pública, ahora que sus padres lo sabían y sin duda se lo habrían contado a todo el pueblo y más allá, Katy empezaba a visualizar los efectos colaterales que habría cuando el falso compromiso llegara a su fin. En resumen: su teoría sobre que el fin justificaba los medios estaba empezando a deshilacharse un poco por los extremos.

Había hablado con sus padres todos los días desde el anuncio y se había dejado llevar inventándose historias sobre cómo se había enamorado desde el momento en que puso los ojos en Lucas y que enseguida supo que aquello era de verdad. Sus padres querían detalles y se los había dado.

Katy sabía que tendría que enfrentarse a toda clase de preguntas incómodas cuando aquella farsa terminara. Sin duda sería objeto de compasión. Sus padres se llevarían un disgusto al ver que otra vez se había equivocado de hombre. Si alguna vez llegaban a conocer a Lucas en persona, seguramente se darían cuenta de que era el hombre equivocado antes de que el cuento de hadas tuviera tiempo siquiera de desmoronarse,.

El mundo sentiría lástima de ella. Sus amigos sacudirían la cabeza y se preguntarían por qué todo le salía mal. Y sin duda habría comentarios maliciosos respecto a su estupidez por pensar que su relación con alguien como Lucas Cipriani podría superar siquiera la distancia.

¿Quién se creía ella que era?

Y, sin embargo, estaba encantada de cerrar la puerta a la realidad porque la emoción de vivir el momento era

muy intensa. Devoraba todo lo demás. Todas sus dudas y los más oscuros pensamientos respecto a lo que había detrás de la línea de los dos meses que habían acordado fueron apartados a un lado y fagocitados por la intensidad de apreciar cada segundo que tenía con él.

El cronómetro había iniciado la cuenta atrás y cada sensación y cada respuesta se veía aumentada al máximo.

—Tengo algo que decirte —Lucas la atrajo hacia sí. Todavía le sorprendía no saciarse nunca de ella—. Esta noche vamos a ser la atracción principal de un baile de gala.

Katy se lo quedó mirando consternada.

—¿Esta noche?

—Lo celebra la empresa china. Parece que Ken Huang quiere conocerte, igual que todos los miembros de su familia. Y ahora que las firmas están ya estampadas en el papel, es una buena oportunidad para celebrar nuestro compromiso públicamente junto con el cierre del contrato. Por supuesto, tus padres están invitados a asistir, igual que tus amigos y otros miembros de la familia. Por cierto, ¿tienes más familia?

Katy se rio.

—¿No deberías saber eso ya?

—Debería —reconoció Lucas con seriedad—, pero a veces ese tipo de cosas se pasan por alto en medio de un romance arrebatador.

Katy llevaba una camiseta de manga corta azul muy pequeña y unos vaqueros recortados. Si hubieran estado en algún lugar remotamente privado, nada le habría gustado más a Lucas que quitarle las dos prendas de ropa.

—Nunca en mi vida he estado en un baile —confesó Katy apartando a un lado la incomodidad, porque no solo tendría que mezclarse con gente a la que no estaba acostumbrada, sino que también estaría en el escaparate—. Estaría bien que vinieran mis padres, pero sinceramente, dudo que lo hagan. No es algo que vaya con

ellos en absoluto, y la agenda de mi padre está llena de asuntos de la comunidad, no puede cancelar compromisos con tan poco tiempo de aviso.

Katy suspiró y le miró con preocupación.

Lucas estaba abrumado por la repentina oleada de protección que surgió de la nada y lo dejó noqueado. Se retiró un poco hacia atrás, confundido por aquella emoción que no tenía lugar en su vocabulario.

–No es para tanto.

–No es para tanto en tu caso –le recordó ella con dulzura–. Para mí supone mucho.

Lucas frunció el ceño.

–Creía que a todo el mundo le gustaban ese tipo de cosas –admitió–. Habrá muchas caras conocidas allí.

Katy se rio, Lucas tenía tal seguridad en sí mismo que resultaba imposible de creer.

–Una parte de mí no pensó en cómo se iba a desarrollar esto cuando volviéramos a Londres –reconoció–. Todo parecía muy... irreal cuando estábamos en Italia.

–Sí –Lucas estuvo de acuerdo–. Pero supongo que esperarías cierta atención exterior centrada en nosotros, ¿no?

Lucas era consciente de que su ingenuidad era algo que le resultaba intensamente atractivo en ella. Aunque había experimentado todas las trampas de la riqueza extrema durante los últimos quince días, Katy no había unido los cabos para adivinar cuáles eran algunas de las consecuencias de aquella riqueza, como por ejemplo una cobertura intrusiva de la prensa en un momento así. Por no mencionar un baile de gala desafortunadamente inevitable. Lucas decidió que sería una mala idea comentarle toda la atención que iba a recibir, y no solo por parte de los reporteros que esperaban fuera del edificio.

–Vas a decirme que soy una idiota.

–He descubierto que me gustan las idiotas –Lucas le rozó el muslo con el dedo y Katy se estremeció.

A punto estuvo de olvidar todas sus preocupaciones y dudas. Tal vez estuvieran actuando en lo que se refería a una relación sentimental entre ellos, o al menos la clase de relación encabezada por la palabra «amor», pero en relación con el aspecto físico, no habría reportero que no se quedara convencido de que lo que tenían era real.

—No te sorprendas si cuando vayamos al aeródromo hay un par de reporteros esperando, tú haz lo mismo que yo. No digas nada. Les he dado suficiente carnaza para que se entretengan. Pueden tomar un par de fotos y con eso tendrá que bastarles. Dentro de una semana seremos el cotilleo pasado. Y no te preocupes, estarás bien. Tú nunca te hundes y eres la única mujer que he conocido en mi vida a la que le divierte decirme exactamente lo que piensa de mí. No te dejes intimidar por la ocasión.

Lucas se rio y dijo medio en broma:

—Si no te dejas intimidar por mí, entonces puedes con todo.

Animada por el voto de confianza de Lucas, Katy miró cómo la puerta del helicóptero se abría de golpe al cielo azul y eran recibidos por una temperatura más fresca de la que habían dejado atrás y una flota de reporteros que avanzaban hacia ellos como una manada de lobos al olor de la carne fresca.

Katy dio un respingo cuando sintió el brazo de Lucas entrelazado en el suyo, apretándola suavemente para tranquilizarla mientras él esquivaba las preguntas y la guiaba hacia el coche negro que los estaba esperando.

Un reportero dijo a gritos que por qué no enseñaba el anillo de compromiso. Katy miró horrorizada su dedo desnudo y balbuceó algo vago cuando Lucas la interrumpió y dijo con sequedad que la joyería iba a ser la primera parada que hicieran cuando llegaran a la ciudad.

—Pero no lo vamos a hacer, ¿verdad? —preguntó ella en

cuanto estuvieron sentados en la parte trasera del coche con la división de cristal cerrada entre el chófer y ellos.

–¿Crees que podrás librarte de ir al baile sin anillo? –le preguntó Lucas–. Prepárate para mucha más atención de la que acabas de recibir de estos reporteros –se acomodó contra la puerta e inclinó el cuerpo hacia ella.

Estaba despertando a la vida en el mundo de Lucas. No en la burbuja que habían compartido en la villa, o todavía más en el yate, donde estaban aislados y a salvo de ojos curiosos, sino en el mundo real en el que él se movía. Estaba a punto de ser arrojada donde no hacía pie y no podía evitarlo. ¿Sería capaz de nadar o se hundiría?

Lucas le había dicho que todo saldría bien y estaba convencido de ello. Sentía aquella fuerte vena de protección al pensar en Katy, perdida y tratando de encontrar su camino en un mundo que seguramente le resultaba extraño. Él sabía por experiencia que la gente que habitaba en ese mundo podía ser cruel y crítica. No le gustaba la idea de que Katy lo pasara mal, aunque su lado práctico sabía que la honestidad que le resultaba tan atractiva podía ser una debilidad en la dureza de la vida real, lejos de la agradable burbuja en la que habían estado encerrados.

–Podemos parar a comer algo, asearnos en mi casa y luego ir a la joyería, o podemos ir directamente. Y hablando de cosas que hay que comprar, tendrás que llevar algo especial esta noche.

–Algo especial...

–Elegante. Largo –Lucas se encogió de hombros–. Por supuesto, no espero que pagues la cuenta de lo que te compres, Katy.

Se preguntó si debería ir con ella y tomarla de la mano.

Katy se quedó paralizada y se preguntó cómo era posible que la mención del dinero en la conversación le hubiera erizado el vello de la nuca. Tenía la impresión

de que algo estaba cambiando entre ellos, aunque no podía señalar de qué se trataba específicamente.

–Por supuesto –respondió Katy con un tono educado donde antes solo había calidez y broma, y no le gustó. Pero ¿cómo iba a fingir que las cosas no habían cambiado entre ellos? Se habían embarcado en una línea de acción que no era real y tal vez eso estuviera moldeando sus reacciones ante él, poniéndola a la defensiva.

Sí, era libre de tocar, pero ahora se habían incorporado limitaciones a su relación. Se suponía que debían proyectar una cierta imagen, una imagen que requería que Katy saliera de su zona de confort e hiciera cosas a las que no estaba acostumbrada. Iba a estar frente a los focos, y Lucas tenía razón: no tenía por costumbre hundirse y no iba a empezar ahora. Era comprensible que estuviera algo aprensiva y dudosa, pero no iba a permitir que la inseguridad marcara su manera de comportarse.

–Creo que prefiero que nos quitemos el anillo y el vestido de en medio, así al menos podré pasar la tarde descansando, aunque supongo que no tendré demasiado tiempo para poner los pies en alto –Katy suspiró–. Nunca pensé que recibiría un anillo de compromiso en estas circunstancias –dijo con sinceridad suspirando.

Se miró el dedo y trató de pensar en aquellos días en los que fue tan estúpida como para pensar que Duncan era su hombre. Luego miró a Lucas y se estremeció. Era tan ridículamente guapo, tan seguro de sí mismo... Desprendía encanto sexual y el cuerpo de Katy no era suyo cuando estaba con él. En esos momentos su cuerpo quería ser de Lucas y únicamente de Lucas.

¿Y si aquello fuera un compromiso real y no una farsa para apaciguar a otras personas?

De pronto sintió el profundo y desgarrador anhelo de tener una relación real con él y todo lo que conllevaba. Esa vez no se trataba solo de una relación que la

rescatara de tomar decisiones respecto a su futuro, la razón por la que se había dejado llevar por la fantasía de pasar por el altar con Duncan.

El tiempo se ralentizó. Se sentía tan bien con Lucas... y, sin embargo, no podía ser. ¿Cómo era posible? Katy había propuesto una línea de acción que tenía sentido, y pensó que podría manejar la situación con aplomo y frialdad porque lo que sentía por Lucas era deseo y el deseo era una fiebre pasajera. Pero al mirarle ahora, al sentir su respiración cálida a su lado... el tiempo que habían pasado juntos surgió en su mente como una película a cámara lenta: las risas que habían compartido, las conversaciones que tuvieron, su modo indolente de hacer el amor y la felicidad que se apoderaba de ella cuando yacía saciada entre sus brazos.

Katy estaba abrumada por desear más. Deslizó la mirada hacia el dedo y se imaginó el anillo allí, y luego su imaginación emprendió el vuelo y pensó en muchas más cosas. Se imaginó a Lucas con la rodilla hincada en el suelo, sonriéndole... deseando que fuera su esposa de verdad y no una falsa prometida durante dos meses.

Le amaba. Le amaba, y estaba claro que no era correspondida. Un profundo pánico se apoderó de ella al pensar que podía haber abierto la puerta al dolor, y a mucha mayor escala que el causado por Duncan. De hecho, al lado de Lucas, Duncan era un fantasma pálido y sin presencia que no le había enseñado ninguna lección.

Lucas se dio cuenta de las emociones que le cruzaron a Katy por el rostro y las barreras que había construido cuidadosamente a lo largo de muchos años volvieron a colocarse en su lugar. Él no era emotivo. Las emociones te hacían perder la concentración, minaban la fuerza y te hacían vulnerable de un modo que podía resultar destructivo. Las cazafortunas habían estado a punto de destruir sus negocios, pero fueron las emociones de su pro-

pio padre las que finalmente le decepcionaron. Lucas sintió cómo retrocedía mentalmente, y tuvo la extraña sensación de que durante un instante había estado muy cerca de un infierno cuya existencia ignoraba.

Se inclinó hacia delante, abrió por un lado la división de cristal y le dijo al chófer que los llevara a una joyería de la que Katy no había oído hablar nunca, seguramente porque se trataría de un lugar muy exclusivo.

–¿Dónde estamos? –preguntó cuarenta y cinco minutos más tarde, un tiempo durante el que Lucas había estado trabajando en el ordenador, poniéndose al día con las transacciones que había largamente ignorado mientras estaban en Italia, según le dijo sin mirarla.

–En la joyería –respondió él–. Parada número uno.

–No parece una joyería...

–A la gente rica nos gusta pensar que no frecuentamos los sitios a los que van las personas normales –afirmó Lucas. Había regresado a su zona de confort, al control.

Cuando el coche se detuvo suavemente y el chófer bajó a abrirle a Katy la puerta, Lucas siguió hablando.

–Aquí hay una historia interesante –continuó–. La dueña de este lugar, Vanessa Bart, lo heredó de su padre y contrató a una joven para que trabajara aquí, Abigail Christie. Es una larga historia, pero para resumir, resultó que tenía un hijo de mi amigo Leandro y él no lo sabía, y como si fueran amantes predestinados, volvieron a encontrarse por casualidad, se enamoraron y hace poco se casaron.

–El cuento de hadas –murmuró Katy mientras les permitían el acceso a la tienda, que era tan maravillosa como la cueva de Aladino–. Está bien que suceda de vez en cuando –sonrió con tristeza–. Todavía hay esperanza para mí.

–No parece el sentimiento adecuado para una mujer que está a punto de ponerse el anillo de compromiso

del hombre de sus sueños –a Lucas le salió la voz menos jocosa de lo que le hubiera gustado.

Se rio sin ganas y luego les guiaron hacia un maravilloso estudio de exquisitas gemas y joyas donde le fueron llevando una bandeja tras otra de anillos de diamante para que los viera. Ninguno llevaba colgando algo tan vulgar como una etiqueta con el precio.

Lucas vio cómo inclinaba la cabeza mientras observaba las propuestas. Era un hombre a punto de comprometerse, y fuera falso o no, de pronto volvió a sentir aquella desestabilizadora sensación... la sensación de estar acercándose a un infierno en llamas, un infierno que no podía ver y por lo tanto no podía protegerse de él. Se revolvió incómodo y se sintió aliviado cuando finalmente Katy escogió el más pequeño de los anillos.

–Quédate tranquilo –le dijo ella en voz baja cuando estuvieron una vez más en la parte de atrás del coche–. No conservaré el anillo cuando todo haya acabado.

–Vivamos al día –Lucas seguía inquieto y ahora estaba deseando llegar a la oficina, donde no se sentiría incomodado por sentimientos que no podía explicar–. Ya tendremos tiempo de decidir quién se queda con qué cuando nos repartamos el botín.

–¿Dónde vamos a comprar el vestido?

–Selfridges. Mi ayudante ya ha buscado una asistente de compras personal para ti.

–Una asistente de compras personal...

–Tengo que ir a la oficina, así que no podré acompañarte.

Cuando sus miradas se encontraron, Katy sintió la emoción de estar cerca de él, aunque aquella emoción se viera empañada por la presencia del peligro.

–No esperaba que me acompañaras. No necesito que me tomes de la mano. Si me das el nombre de la persona con la que me tengo que encontrar, yo me encargo

a partir de ahí. Y, cuando termine todo lo que se supone que tengo que hacer, me iré a mi casa y me cambiaré allí.

«Empieza a alejarte», pensó con tristeza. «Empieza el proceso de desapego. Protégete».

Lucas ya estaba dejando atrás el romance de Italia. Katy tendría un anillo en el dedo, pero él no anhelaría aquel tiempo concentrado que pasaron el uno en compañía del otro en la villa. Lucas estaba regresando a su realidad y eso implicaba distanciarse de ella. Katy podía sentirlo.

—¿Por qué? —Lucas se dio cuenta de que no le apetecía que no estuviera cuando él regresara a su apartamento. Quería que estuviera allí, y estaba molesto consigo mismo por aquella ridícula brecha en su autocontrol.

—Porque quiero ver cómo está mi casa, asegurarme de que todo está en orden. Así que me reuniré contigo en el baile. Puedes mandarme por mensaje la ubicación y los detalles.

Sonaba mucho más dinámica de lo que se sentía. Por dentro quería mucho más, quería recibir sin pensar en las consecuencias y entregar sin medir. Quería que Lucas la amara también y quería guardar aquel sentimiento en una caja y cerrarla para proteger su frágil corazón.

—Te pondrás nerviosa —Lucas se pasó los dedos por el pelo. Estaba perdiendo su legendario autocontrol—. Habrá reporteros allí. No sabrás qué hacer. Necesitarás que esté allí contigo, a tu lado.

«¿De dónde había salido aquello?».

—Pero...

Lucas recuperó el equilibrio y dijo con voz suave como la seda:

—Entiendo que quieras comprobar cómo está tu casa y ver tu correo —volvía a estar en terreno familiar y se relajó—. Tenemos que seguir adelante con nuestra vida

–sonrió con sarcasmo–. ¿Por qué íbamos a engañarnos? No te preocupes. Dentro de una semana esto no será más que algo de lo que algún día te reirás contándoselo a tus hijos.

–Seguro –respondió Katy con tono desmayado. Tenía el corazón roto, y sabía que la única culpable era ella–. Te veré luego –forzó una sonrisa y le maravilló que Lucas pudiera estar tan guapo, tan tranquilo y tan en su sitio cuando Katy se estaba rompiendo por dentro. Pero lo cierto era que él no había cruzado las líneas que cruzó ella.

Katy no sabía por dónde empezar en lo que se refería a buscar algo que ponerse para un evento de gala porque no había asistido a ninguno en su vida, y ni en sus más locas fantasías se imaginó que ella sería la protagonista de uno. Había llamado a su madre, pero, tal como pensaba, no podían acudir con tan poco tiempo de aviso debido a los deberes comunitarios de su padre. Katy prometió que enviaría muchas fotos. Ahora, de pronto se sintió muy sola mientras esperaba a que llegara su asistente de compras personal.

Le llevó dos horas elegir un vestido, y por mucho que se dijera que todo era una farsa, no podía evitar preguntarse qué se sentiría al llevar esa ropa en la vida real, caminar con ella para un hombre que correspondía a su amor en un evento que celebrara una unión que no era una mentira.

El vestido que escogió era ajustado a la piel hasta la cintura, con un escote en la espalda tan bajo que llevar sujetador estaba fuera de toda duda. La falda del vestido caía en elegantes capas al suelo.

Cuando se movía giraba a su alrededor como una nube, y al mirar su reflejo en el espejo se sintió como Cenicienta cuando el hada madrina agitó la varita mágica y los hara-

pos se convirtieron en un vestido de baile que más tarde dejaría al príncipe azul noqueado.

Sin embargo, el príncipe azul la había dejado a su merced. Había vuelto al mundo real y ya se estaba distanciando de ella sin siquiera darse cuenta.

El hada madrina tendría que aparecer con algo más que su pequeño bolso de trucos para convertir a Lucas en algo más que un hombre que se había sentido atraído por ella y la había convencido para que tuvieran sexo. Se acostaría con ella hasta que llegara el momento acordado y luego la arrojaría a la calabaza más cercana para volver directamente a los brazos de las mujeres con las que estaba acostumbrado a salir, mujeres que seguían su estilo de vida sin causarle demasiados problemas.

Katy esperaba que fuera a recogerla el mismo coche de antes, pero, cuando el chófer la llamó a casa con absoluta puntualidad, ella bajó y se encontró una enorme limusina esperándola.

Se sentía como una princesa. Daba igual que fuera real o falso, estaba flotando en una nube.

Pero la sensación solo duró hasta que llegaron al hotel y vio las hordas de reporteros, la gente guapa deteniéndose para sonreír y posar para las fotos y las multitudes de gente rodeándolos y exclamando con admiración, como si los hubieran llevado a un cabaré en directo.

La limusina se detuvo lentamente y Katy sintió una inyección de adrenalina que le atravesó la sangre. Le dio miedo no ser capaz de abrirse camino a través de la gente.

Entonces, como por arte de magia, la gente se apartó y vio a Lucas como nunca antes le había visto. Ella no era la única que tenía los ojos clavados en él. Todo el mundo se giró al unísono. Lucas había salido del hotel impecablemente vestido con su camisa blanca y panta-

lones negros, como salido de un sueño. Estaba tan impresionante que Katy apenas fue capaz de moverse.

La escena bordeaba el caos, con invitados llegando, cámaras haciendo fotos, reporteros empujándose para conseguir las mejores posiciones, pero todo quedó en un segundo plano para Lucas cuando sus ojos se clavaron en la puerta abierta de la limusina y vio salir a Katy, parpadeando pero manteniendo el tipo mientras las cámaras disparaban flashes a su alrededor.

Lucas sintió una oleada de sangre caliente atravesándole. Por supuesto que Katy era hermosa. Eso ya lo sabía. Lo supo desde el primer momento que la vio en su despacho, pero esa Katy era un festín para los ojos y le tenía cautivado. Sus miradas se encontraron y Lucas apenas fue consciente de que avanzaba hacia ella con la mano extendida, apretándole suavemente la suya cuando se la tomó.

–Estás impresionante, *cara* –murmuró con sinceridad.

Katy sentía los nervios a punto de estallar. Era consciente de todas aquellas cámaras y de la arrebatada atención de toda aquella gente tan alejada de su mundo que parecían de otro planeta. Alzó la mirada con serenidad hacia Lucas y le sonrió con la mayor confianza en sí misma que pudo reunir.

–Gracias, tú también. ¿Entramos?

Capítulo 9

KATY tuvo que utilizar hasta la última gota de confianza en sí misma y de dotes sociales adquiridas durante los años para enfrentarse a la velada.

Cegada por los flashes de las cámaras, que eran casi igual de incómodos que las inquisitivas miradas de los cientos de personas invitadas a la celebración del compromiso del año, se agarró a la mano de Lucas y compuso una sonrisa helada en sus labios que no vaciló mientras era guiada como una reina hacia el interior del hotel.

Lucas le había dicho que estaba impresionante y eso la animaba, pero el corazón seguía latiéndole como un tambor contra la caja torácica mientras observaba la llamativa decoración del hotel de cinco estrellas. Era exquisita. No sabía que algo de semejante calibre podía montarse con tan poco tiempo de aviso, pero el dinero movía montañas y Lucas tenía de sobra.

Se fijó en medio de una nebulosa en la larga extensión de mármol pálido, los impecables uniformes de lino de los camareros que esperaban, el brillo de las lámparas de araña del techo y en la zona de bar informal dominada por una impresionante escultura de hielo, alrededor de la cual había una variedad de canapés todavía más impresionante para aquellos que no podían esperar a que los camareros empezaran a servir. Había un zumbido de interés y curiosidad alrededor de ellos dos.

–Va a estar bien –le murmuró Lucas al oído–. Después de una hora seguramente estarás ya completamente aburrida y nos iremos.

–¿Cómo vamos a hacer eso? –preguntó Katy asombrada–. ¿No somos los actores principales de esta producción?

–Yo puedo hacer lo que quiera –Lucas no esbozó una sonrisa, pero Katy notó el tono burlón de su voz–. Y, si estás nerviosa, deja que te diga que eclipsas a cualquier otra mujer aquí.

–Lo dices por decir... todos se están preguntando cómo diablos hemos acabado tú y yo prometidos.

–Entonces será mejor que les demos una explicación, ¿no? –Lucas inclinó la cabeza y la besó. Le puso la mano con gesto protector en la parte inferior de la espalda y sintió su boca sobre la suya, cálida y fugaz. Todo y todo el mundo desapareció y Katy apartó los labios, parpadeando hipnotizada por su oscura mirada.

Quería agarrarse a él y no soltarlo. Pero le acarició brevemente la mejilla con los dedos y luego dio un paso atrás al recordar que Lucas le había dicho poco antes que lo que estaba sucediendo no era más que una representación.

–Podrías presentarme al hombre con el que has cerrado el trato –sonrió y miró a su alrededor haciendo un esfuerzo por bloquear aquel mar de caras bonitas–. Y gracias –añadió en voz baja mientras su cuerpo seguía estremeciéndose por aquel beso–. Ese ha sido un modo muy inspirador de dar una explicación. Creo que esto se te va a dar mucho mejor de lo que nunca esperé.

–Me lo tomaré como un cumplido –murmuró Lucas, quien lo único que quería era acompañarla de regreso a la limusina y llevársela a la cama–. Aunque no estoy muy seguro de que lo sea. Bueno, ¿empezamos la fiesta?

Lucas le presentó a Ken Huang, que estaba allí con

su familia y dos hombres que parecían guardaespaldas. Katy se fue apartando gradualmente de la zona de protección que rodeaba a Lucas. La curiosidad se enfrentó a sus nervios y ganó. Estaba rodeada de la gente guapa que salía en las revistas y, tras un rato, se dio cuenta de que de hecho estaba disfrutando de la experiencia de hablar con aquellos rostros famosos y de descubrir que o bien eran más normales de lo que había pensado o mucho menos.

De vez en cuando se veía a sí misma acercándose a Lucas, pero aunque no estuviera a su lado era muy consciente de su oscura mirada clavada en ella, siguiendo sus movimientos, y eso la hacía estremecerse. Había algo maravillosamente posesivo en aquella mirada y Katy tenía que repetirse constantemente que era un espectáculo fingido, y no la actitud de un hombre enamorado de la mujer que llevaba su anillo de compromiso.

Katy deseaba pegarse a su lado, pero sabía que si circulaba por ahí le recordaría a Lucas que era una mujer independiente y satisfecha con la idea de hacer un buen espectáculo para la gente que estaba por ahí, igual que él. Además, serviría para levantar las barreras que Katy sabía que debía erigir entre ellos.

Todo había sido mucho más fácil cuando vivía en el engaño de que lo que sentía por él solo era deseo y nada más.

Con aquel engaño al descubierto, se sentía dolorosamente vulnerable, y más de una vez se preguntó cómo iba a mantenerse en aquella relación únicamente durante el tiempo que habían acordado. En teoría ella tendría su espacio durante el que podría permitirse disfrutar realmente de él aunque sabía que iba a ser una diversión a corto plazo.

En la práctica ya estaba temblando ante la perspec-

tiva de alejarse de Lucas. Seguramente él le daría una palmadita en la espalda y le diría que podían seguir siendo amigos. La verdad era que Katy no estaba hecha para vivir el momento sin pensar en lo que iba a suceder después. Invertir en el futuro era producto de su educación, y aunque era capaz de ver el aspecto negativo de aquella actitud, seguía preguntándose angustiada si sería capaz de adoptar la actitud correcta, una actitud que le permitiera vivir el momento presente.

Con aquellos pensamientos zumbándole en la cabeza como un enjambre de avispas, giró la copa de champán y se quedó mirando el líquido dorado mientras se imaginaba la última conversación entre ellos. Lamentó profundamente no contar con la experiencia y el temperamento necesarios para disfrutar de lo que tenía en ese momento en lugar de sucumbir a oscuros pensamientos sobre un futuro que nunca iba a suceder.

Desde el otro lado de la abarrotada sala, Lucas encontró a su prometida con la certera eficacia de un detector de misiles. Estuviera donde estuviera, parecía tener la habilidad de localizarla. No era más alta que los demás, y su atuendo no era muy distinto a los demás vestidos elegantes y largos, pero Katy irradiaba una especie de luz que le atraía estuviera donde estuviera. Era como si estuviera conectado con ella a un nivel de ondas que resultaba inaudible excepto para él.

En aquel momento y por primera vez en la velada, Katy estaba sola, mirando pensativa su copa de champán como si estuviera buscando en el líquido la respuesta a algo.

Lucas interrumpió abruptamente la conversación que estaba teniendo con dos financieros importantes y se dirigió hacia ella acercándose por detrás.

–Estás pensando –murmuró inclinándose para poder susurrarle al oído.

Katy se sobresaltó y se dio la vuelta. El corazón empezó a latirle con más fuerza.

Les había hablado con timidez de Lucas a tres compañeras que habían sido invitadas al baile, pasando por encima cómo se habían conocido y centrándose en lo irresistiblemente atraídos que se habían sentido el uno por el otro.

–Ya sabéis cómo es esto –se había reído coqueta sabiendo que lo que estaba diciendo era absolutamente cierto–. Es como si te cayera algo encima, y antes de que te des cuenta estás metida hasta el cuello y nada más importa.

Los impresionantes ojos de Lucas estaban ahora clavados en ella, y Katy sentía como si hubiera sido arrollada por un tren. Tuvo que bajar la mirada para que él no viera nada en su expresión que pudiera alertarle sobre lo que realmente sentía por él.

–¿Estás cansada? –le preguntó lucas guiándola hacia la pista de baile.

Había una banda de jazz que llevaba cuarenta y cinco minutos tocando. La música constituía un fondo perfecto para el sonido de las voces y la risa. Los músicos estaban en un estrado, vestidos de frac, y parecían sacados del decorado de una película de los años veinte.

–Un poco –reconoció Katy.

Tenían los dedos entrelazados y Lucas le acariciaba con aire ausente el dorso de la mano. Katy sentía todo el cuerpo ardiendo y era consciente de cómo los pezones desnudos se le frotaban contra la tela de seda del vestido. Los tenía muy sensibles, y cuanto más la acariciaba con el pulgar, más se le derretía el cuerpo.

Aquello era lo que Lucas provocaba en ella, y sabía que si tuviera algo de sentido común lo disfrutaría mientras pudiera. En lugar de atormentarse con ideas sobre cómo sería su vida cuando Lucas desapareciera

de ella, debería disfrutar de la posibilidad de meterse más tarde en la cama con él y hacer el amor hasta que estuviera tan cansada que no pudiera mover ni un músculo.

–Es agotador hablar con tanta gente a la que no conoces –añadió Katy sin aliento cuando la giró para mirarla en una esquina de la pista de baile.

–Pues lo has hecho muy bien –aseguró Lucas con una sonrisa–. Y yo que pensé que te sentirías un poco fuera de lugar.

Katy se rio y le miró con ojos brillantes.

–Ha debido de ser un gran alivio para ti.

–¿Por qué dices eso?

Tras pasar la última hora haciendo la ronda, Lucas se sentía relajado por primera vez en toda la noche. Nadie se había atrevido a hacerle ninguna pregunta directa sobre aquel compromiso que había surgido de la nada, y él no había hecho tampoco ningún comentario, aparte de ofrecerle una explicación medida a Ken Huang y su esposa. Para sorpresa de Lucas, ambos se mostraron encantados con el romanticismo de la situación. Le habían parecido demasiado contenidos, pero sus entusiastas felicitaciones le hicieron saber que estaba equivocado.

En circunstancias normales habría utilizado aquel tiempo para hablar de negocios. Allí había un número importante de financieros influyentes, y también varias figuras políticas con las que podría haber iniciado conversaciones interesantes. Sin embargo, toda su atención estaba centrada en Katy y en seguirla con la mirada por toda la sala.

La gente se acercaba a hablar con ella. Lucas no sabía qué les decía, pero, fuera lo que fuera, estaba claro que había tocado la nota adecuada.

Con hombres y mujeres por igual. De hecho, no se le había escapado que algunos hombres parecían mucho

más interesados en mirarla que en escuchar lo que les estuviera diciendo. Desde la distancia, Lucas tuvo que contener las ganas de lanzarse a escena y reclamar lo que era suyo... porque Katy no era suya y era mejor así. La posesividad era un rasgo para el que no tenía tiempo y se negaba a permitir que interviniera en el acuerdo que había entre ellos.

Pero varias veces sintió cómo se le apretaba la mandíbula ante el modo en que el espacio personal de Katy quedaba invadido por hombres cuyas mujeres o novias estarían probablemente en la sala, idiotas con buenos puestos y coches deportivos que pensaban que podían hacer lo que quisieran y con quien quisieran.

Con acuerdo o sin él, Lucas estaba preparado para lanzar un puñetazo si era necesario, pero sabía que ni un solo hombre en toda la sala se atrevería a desafiarle pasándose de la raya.

Pero de todas maneras...

¿Había notado Katy siquiera el exceso de confianza de algunos de aquellos tipos? ¿Debería haberla advertido de que podría encontrarse con la clase de hombres que dejarían a su odioso ex pálido en comparación?

—Nunca pensé que quisieras pasar la noche agarrándome de la mano —bromeó ella con voz algo trémula—. El beso que me diste consiguió el efecto deseado, y tengo que decir que nadie me ha expresado ninguna duda respecto al hecho de que las dos personas más distintas del mundo hayan decidido comprometerse.

—¿Ni siquiera los hombres que te miraban con los ojos echando chispas cuando hablaban contigo?

Katy le miró y dio un respingo.

—¿De qué diablos estás hablando?

—Olvídalo —murmuró Lucas entre dientes.

—¿Estás celoso?

—No soy celoso —Lucas apuró su whisky de un largo

trago y dejó el vaso vacío al lado de la copa de champán de Katy en la bandeja de una camarera que pasaba en aquel momento a su lado.

–No –Katy no tuvo más remedio que estar de acuerdo, porque en realidad no lo era. Y, además, los celos eran propios de una persona que sintiera algo. Le lanzó una sonrisa forzada–. No es necesario constatar lo obvio.

Lucas frunció el ceño, aunque lo que estaba diciendo Katy era lo correcto.

–Por cierto, hablando del beso –murmuró subiéndole la mano hacia la nuca, deseando librarse de un tema que no llevaba a ninguna parte–. No fue solo para dar la impresión correcta.

–¿Ah, no?

–¿No te has parado a pensar que tal vez quería besarte?

Katy se sonrojó y dijo con sinceridad:

–Pensé que era más bien un gesto táctico.

–Entonces está claro que subestimas el impacto de tu vestido –murmuró Lucas con voz ronca–. Cuando te vi salir de la parte de atrás de la limusina, mi instinto básico fue lanzarme sobre ti, cerrar la puerta y decirle al chófer que nos llevara a mi apartamento.

–No creo que eso hubiera impresionado demasiado a tus invitados.

Pero cada palabra de Lucas provocaba una descarga eléctrica en su ya enfebrecido cuerpo. Solo estaba hablando de sexo, se dijo Katy con tristeza. Sí, la estaba mirando como si fuera una fiesta para los ojos, pero eso solo era deseo.

Lucas era excelente en todo lo relacionado con el sexo. Pero pésimo en el tema de las emociones. No solo no estaba interesado en explorar nada que fuera más allá de lo físico, sino que además estaba orgulloso del control que tenía en ese aspecto. Si Lucas evitara rela-

cionarse a un nivel emocional porque hubiera tenido una mala experiencia con una mujer, Katy habría intentado encontrar la manera de ser indispensable para él. Una mala experiencia dejaba cicatrices, como Duncan a ella, pero las cicatrices se cerraban porque la vida seguía adelante y porque una experiencia triste siempre quedaría enterrada bajo las capas de la vida diaria.

Pero Lucas no era así. No era un hombre que hubiera tenido una mala experiencia, sino que básicamente no estaba interesado en tener una relación significativa con una mujer. Era un hombre que no tenía fe en el poder del amor.

Su cinismo surgía de un lugar oscuro que se había formado en él siendo tan joven que ahora formaba parte de su personalidad.

–¿Tengo pinta de ser un hombre que vive para impresionar a los demás? –preguntó Lucas sintiendo cómo su libido se ponía en marcha al instante al dirigir la mirada hacia aquellos pechos. Saber qué aspecto tenían aquellos senos y cómo sabían añadía nuevas pulsaciones a su entrepierna–. Sinceramente, nada me apetecería más ahora mismo que salir de esta sala y volver a mi apartamento. O, si no se puede, registrarnos en una habitación del hotel y usarla durante una hora.

–Eso sería de mala educación –pero Katy tenía los ojos brillantes cuando le miró de reojo–. Lo que deberíamos hacer es bailar.

–¿Crees que bailar es un buen sustituto de un sexo alucinante?

–¡Déjalo ya! –Katy tiró de él hacia la pista. El ritmo de la música había disminuido y las parejas que estaban bailando bajo la media luz estaban entrelazadas.

Era casi medianoche. ¿Cómo era posible que el tiempo hubiera transcurrido tan deprisa? Lucas se pegó a ella con tanta fuerza que Katy podía sentir el firme

latido de su corazón y la presión de su cuerpo cálido, tan tentador.

Apoyó la cabeza en su hombro y Lucas le pasó los dedos por el pelo y se apoyó en ella.

Aquello era el cielo. Mientras durara aquel baile y sintiera sus brazos podría olvidarse de que solo estaba viviendo un sueño.

Lucas bajó la mirada y vio el brillo del diamante en su dedo. Le quedaba perfecto y no hubo necesidad de ajustarlo. Cuando se lo deslizó en el dedo daba la impresión de que aquel era su lugar natural.

Pero no lo era, ¿verdad?

Habían empezado algo sabiendo perfectamente cómo y cuándo terminaría. Katy había propuesto una línea de acción que resultaba beneficiosa para ambos y en su momento, hacía tan solo unos días, Lucas estaba admirado por lo práctico de la propuesta.

Katy le había asegurado que el compromiso no era un problema para ninguno de los dos porque solo eran dos personas que procedían de planetas diferentes y habían coincidido debido a las circunstancias especiales que los habían colocado en la misma órbita.

Habían llegado a un acuerdo y los dos lo tenían controlado.

¿Verdad?

Lucas no quería dejar espacio a la duda, pero el anillo que brillaba en el dedo de Katy planteaba preguntas que le dejaban incómodo y con cierto pánico, si quería sin sincero.

La canción terminó y se apartó de ella.

—Deberíamos ir a despedirnos de Huang y su familia. Les he visto por el rabillo del ojo y se dirigían a la salida. Misión cumplida.

Katy parpadeó, la habían arrancado de golpe de aquella nube placentera en la que se había acurrucado.

Por mucho que el sentido común le dijera que tuviera cuidado con aquel guapo hombre que le había robado el corazón como un ladrón en la noche, su corazón se rebelaba ante cualquier paso práctico que intentara dar.

Debería apartarse, y, sin embargo, allí estaba. Lo único que quería era quedarse entre sus brazos y que la música no acabara nunca.

Debería recordar a Duncan y el daño que le había hecho, porque por muy mal que lo hubiera pasado, ahora se daba cuenta de que solo llegó a la mitad de la escala. Aunque en su momento no lo viera así, aquello no sería nada comparado con lo que sufriría cuando Lucas se alejara de ella. Pero nada podía ser menos importante en aquel momento que su traicionero ex. De hecho, apenas recordaba su rostro, y hacía mucho tiempo que era así.

Todavía le quedaban varias semanas de aquella farsa. Debería enfrentarse a sus propias emociones cobardes y hacer lo que la cabeza le decía: que disfrutara de Lucas mientras pudiera, que se atracara de todo lo que él tenía que ofrecerle y no pensara en nada más.

Pero su propio romanticismo estúpido mermaba su confianza a cada rato.

Le miró sintiéndose indefensa.

–¿Misión cumplida?

–Hemos hecho lo que veníamos a hacer –afirmó él–. Solo has pasado unos instantes con Ken Huang y su familia, pero déjame decirte que está fascinado con nuestra historia de amor a primera vista.

–Ah, bien.

Lucas se había dado ya la vuelta y ella le siguió. Se escuchó decir todas las frases correctas al empresario mientras batallaba contra sus propias emociones y trataba de encontrar un camino que pudiera seguir. Para demostrar que estaban unidos, Lucas le pasó la mano por la cintura en un gesto cariñoso, y Katy se dio cuenta

de que Ken Huang y su esposa estaban efectivamente encantados con el romance.

«Misión cumplida, efectivamente».

–Creo que es hora de irse –Lucas se giró hacia ella en cuanto Huang se marchó.

–¿A dónde?

–¿Tú qué crees? Estamos prometidos, Katy. Si mi chófer te lleva de regreso a tu apartamento, la gente empezará a rumorear.

–¿Vamos a ir a tu casa?

–A menos que se te ocurra una idea mejor.

Lucas le dirigió una sonrisa lobuna, pero esa vez no le bulló la sangre como normalmente. Esa vez no suspiró suávemente mientras su cuerpo se hacía con el poder y su capacidad para pensar desaparecía como el agua por un desagüe.

«Misión cumplida». Lucas había regresado al negocio, y para él significaba sexo. Irían a su apartamento como la pareja locamente enamorada que no eran y él se la llevaría a la cama y haría lo que sabía hacer tan bien. Llevaría el cuerpo de Katy a la estratosfera, pero dejaría su corazón intacto.

–Tenemos que hablar –estaba muy nerviosa. No podía hacer eso. Había reconocido ante sí misma lo que sentía por Lucas y ahora no veía la manera de continuar con lo que tenían, fingiendo que nada había cambiado.

–¿De qué?

–De nosotros –le dijo Katy con voz pausada.

Lucas se quedó muy quieto.

–Sígueme.

–¿Dónde vamos? La verdad, preferiría no tener esta conversación en tu apartamento.

–Conozco al director de este hotel. Me aseguraré de que tengamos intimidad para hablar de lo que creas que tenemos que hablar.

Las persianas se habían cerrado. Katy lo percibió en el lenguaje corporal de Lucas. El calor y la seducción habían desaparecido. Salieron del salón de baile, dejando atrás a los invitados que quedaban. Lucas se había despedido de las personas que le importaban y aunque ella era partidaria de hacer una última ronda por educación, Lucas no tenía esa preocupación.

Katy se quedó un poco atrás mientras él hablaba con el director, que apareció de la nada como si hubiera estado toda la noche esperando para ver si podía hacer algo por Lucas. Les guio a una zona de descanso tranquila y les aseguró que allí nadie les molestaría.

–¿Voy a necesitar algo fuerte para esta conversación? –preguntó Lucas cuando la puerta se cerró despacio tras ellos.

En el escritorio antiguo situado frente a la chimenea había una disposición de bebidas, vasos y una cubierta con hielo. Sin esperar respuesta, Lucas se sirvió un whisky y luego se quedó donde estaba apoyado contra el escritorio, con los ojos puestos en Katy sin expresión alguna.

Ella le miró indefensa durante unos segundos y luego aspiró con fuerza el aire.

–No puedo hacer esto –no había pensado lo que iba a decir, pero ahora que las palabras salieron de su boca se sintió muy tranquila.

–¿Qué es lo que no puedes hacer?

–Esto. Nosotros –extendió los brazos en un gesto de frustración.

La falta de expresión de Lucas era como un campo de fuerza invisible entre ellos que añadió fuerza a la decisión que había tomado impulsivamente de decirle lo que sentía.

–Esto es lo más lejos que puedo llegar –le siguió confesando–. He hecho lo de la aparición en público,

me han tomado fotos y... no puedo continuar con esta farsa. No puedo fingir que... que...

Lucas no iba a ayudarla. Sabía lo que Katy estaba diciendo, por qué lo estaba diciendo y también sabía que era algo que había reconocido con el paso del tiempo pero había decidido ignorar porque no le convenía.

–Me amas.

Aquellas dos palabras cayeron como piedras en el agua tranquila, formando círculos cada vez más y más grandes hasta que llenaron el espacio entre ellos.

Asustada, impactada y completamente incapaz de decir una mentira directa, Katy se lo quedó mirando pálida con los brazos cruzados.

–Ojalá pudiera decirte que eso no es verdad, pero no puedo. Lo siento.

–Ya sabes lo que pienso sobre el compromiso...

–¡Sí, lo sé! Pero a veces el corazón no consigue escuchar a la cabeza...

–Te dije que no estaba en el mercado del amor y el compromiso –Lucas recordó lo que había sentido cuando había visto a otros hombres mirarla y luego después, cuando bajó la vista hacia el diamante que tenía en el dedo. Algo parecido al miedo se apoderó de él–. Nunca te amaré como tú quieres ser amada y como te mereces ser amada, *cara*. Puedo desearte, pero soy incapaz de nada más.

–¿Cómo puedes decir eso? –Katy se escuchó el tono implorante y se odió a sí misma, porque debería tener un poco más de orgullo.

Lucas torció la boca. En medio de aquellas emociones tan fuertes, era capaz de valorar su valentía por iniciar una conversación que solo podía terminar de una manera preestablecida. Pero es que Katy era muy valiente. Por el modo en que decía lo que pensaba, por

cómo se plantaba y defendía sus creencias aunque él se lo pusiera difícil. Por cómo se había comportado en un evento que sin duda la había hecho salir de su zona de confort.

–No puedo sentir lo mismo que tú –dijo Lucas apartando la vista de sus grandes y sinceros ojos verdes y sintiéndose un canalla. Pero no era culpa suya no poder darle a Katy lo que quería, y más le valía ser directo al respecto.

Y tal vez aquel fuera un resultado positivo. ¿Cuál habría sido la alternativa? ¿Que una pantomima surgida de la necesidad le arrastrara hasta que se viera obligado a apartarla de sí con palanca? Katy había agarrado el toro por los cuernos y se estaba despidiendo por sí misma. Le estaba evitando una situación incómoda y Lucas se preguntó por qué no se sentía mejor al respecto. Debería estar experimentando alivio.

–He visto lo destructivo que puede ser el amor –le dijo con sequedad–. Y me juré a mí mismo que nunca en toda mi vida permitiría que me destruyera a mí –alzó una mano como si ella le hubiera interrumpido, cuando en realidad no había dicho ni una palabra–. Vas a decirme que puedes cambiarme. No puedo cambiar. Esto es lo que soy, un hombre con demasiadas limitaciones para alguien tan idealista y romántica como tú.

–Soy consciente de ello –se limitó a responder Katy–. No te estoy pidiendo que cambies.

Sintiéndose incómodo de pronto, Lucas se apartó del escritorio y empezó a recorrer la sala. Se sentía enjaulado y atrapado, dos buenas indicaciones de que la situación tenía que terminar sin más demora, porque estar enjaulado y atrapado no funcionaba para un hombre que valoraba su libertad por encima de todo.

–Conocerás a alguien... que podrá darte lo que quieres y necesitas –dijo con voz ronca. Sus movimientos,

normalmente elegantes, resultaban torpes mientras recorría la estancia. Solo se detenía de vez en cuando para mirarla, mientras que Katy permanecía quieta como una estatua–. Y por supuesto recibirás una compensación.

–No te sigo.

–Una compensación. Por lo que has hecho. Me aseguraré de que tengas suficiente dinero para que puedas construir tu vida donde te parezca. Te aseguro que nunca te faltará de nada. Podrás comprarte la casa que quieras en cualquier zona de Londres, y por supuesto me aseguraré de que tengas un colchón económico lo suficientemente grande para que no tengas que precipitarte buscando un nuevo trabajo. De hecho, podrás dar clases a tiempo completo y no tendrás que preocuparte de buscar otro trabajo además de la enseñanza porque no necesitarás pagar alquiler.

–¿Me estás ofreciendo dinero? –murmuró Katy sin dar crédito a lo que oía, paralizada en el sitio y desnuda de todas sus defensas.

¿Sería consciente Lucas de lo humillante que resultaba aquello para ella, decirle que recibiría dinero por los servicios prestados? Deseaba que se la tragara la tierra. Todavía llevaba puesto el vestido de princesa, pero le habría dado igual ir cubierta con harapos porque desde luego no se sentía como Cenicienta en el baile.

–Quiero asegurarme de que estés bien al final de todo esto –dijo Lucas con voz ronca, algo incómodo por su falta de expresión y el hecho de que no pareciera escuchar lo que le estaba diciendo.

Estaba completamente pálida. En contraste, la melena le caía brillante sobre los hombros en un torrente de seda cobriza.

–Y, por supuesto, te puedes quedar el anillo –continuó Lucas al ver que el silencio se alargaba–. De hecho, insisto en que lo hagas.

–¿Como recuerdo de los días felices? –preguntó Katy en voz baja.

Los músculos de sus piernas recordaron finalmente cómo moverse y se acercó a él.

Durante un instante de locura, Lucas se imaginó sus brazos rodeándole, pero el momento no duró mucho porque ella se detuvo y le miró directamente a los ojos.

–No quiero tu dinero, Lucas –Katy sintió el anillo en el dedo y durante un instante disfrutó del pensamiento prohibido de sentir cómo sería si fuera suyo de verdad. Luego se lo sacó con cuidado del dedo y se lo tendió–. Y tampoco quiero tu anillo.

Entonces se dio la vuelta y salió de la sala, cerrando despacio la puerta tras ella.

Capítulo 10

TRAS el volante de su coche deportivo negro, Lucas se vio obligado a reducir la velocidad para adaptarse a la red de carreteras llenas de curvas que rodeaban el pueblo en el que vivían los padres de Katy.

Desde que salió de la autopista, donde había redescubierto la libertad de que no le llevara otra persona, se vio rodeado por todas partes de un paisaje desconocido para él de la Gran Bretaña rural.

Debería estar en otro sitio. De hecho, debería estar al otro lado del mundo. Sin embargo, había enviado a su mano derecha para que hiciera los honores y finalizara aquel trato que le había cambiado la vida.

Lucas no sabía cuándo o cómo aquello en lo que había invertido la mayor parte del último año y medio se había convertido en algo sin importancia. Solo sabía que Katy se había marchado de su vida dos días atrás y que, a partir de ese momento, el acuerdo al que antes había dedicado toda su atención ya no le importaba.

Lo único que importaba era la urgente necesidad de conseguir que ella volviera, y durante dos días, había luchado contra aquel deseo con todas las herramientas que tenía a su disposición. Durante dos días, Lucas se dijo que Katy era la personificación de todo lo que se había pasado la vida evitando. Vivía y respiraba en la creencia de un ideal romántico del que él siempre se había burlado. A pesar de su escasa experiencia, Katy alimentaba una fe en el amor que tendría que haber

quedado enterrada bajo el peso de la decepción. Era la clase de mujer que aterrorizaba a los hombres como él.

Y, por encima de todo, había llegado directamente a decir las palabras que sin duda debía de saber que eran tabú para Lucas.

Después de todo lo que le había dicho.

Se había enamorado de él. Había ignorado descaradamente todas las señales de «no pasar» que Lucas había colocado a su alrededor y se había enamorado de él. Tendría que agradecer que no se hubiera puesto a llorar y a rogarle que la correspondiera. Debería agradecer que en cuanto hizo aquel aviso se quitó el anillo de compromiso y se lo devolvió.

Debería agradecer a su buena estrella que luego hubiera procedido a salir de su vida sin hacer ningún ruido.

Habría un poco de desorden en relación con el compromiso que había durado cinco segundos antes de estallar, y la prensa tendría carnaza durante una semana, pero eso no le importaba a Lucas. Ken Huang se quedaría sin duda decepcionado, pero ya habría empezado a disfrutar de su vida familiar sin el estrés de la empresa que había vendido al mejor postor, y no perdería el sueño porque el trato estaba cerrado.

La vida tal y como Lucas la conocía regresaría a su estado de normalidad.

Todo era positivo, pero Katy le había dejado, y, como era un cabezota y estaba ciego, cuando aquella puerta se cerró tras ella fue cuando se dio cuenta de que se llevaba también su corazón.

Había pasado dos días intentando convencerse a sí mismo de que no debería seguirla antes de rendirse porque no era capaz de imaginarse la vida sin ella. En ese punto abandonó toda esperanza de controlar su destino. Además de su corazón, aquello era algo que también se había llevado Katy consigo.

Y ahora estaba allí, confiando desesperadamente en que no fuera demasiado tarde.

El navegador le estaba diciendo que girara por un camino rural que parecía no tener salida, pero siguió las instrucciones y cinco minutos más tarde, con el sol poniéndose rápidamente, la vicaría de la que Katy le había hablado apareció ante sus ojos, tan pintoresca como si hubiera salido de la ilustración de la tapa de una caja de bombones.

La glicinia trepaba por la descolorida piedra amarilla. La vicaría era una construcción sólida y con presencia situada detrás de lo que parecían interminables acres de campo en los que las ovejas pastaban con el fondo del atardecer anaranjado y rosa. El camino que llevaba a la vicaría era largo, recto y rodeado de césped bien cortado y parterres de flores.

Por primera vez en su vida, Lucas estaba en la posición de no saber qué iba a ocurrir a continuación. Nunca había tenido que rogarle nada a nadie, pero le daba la sensación de que ahora tendría que hacerlo. Se preguntó si Katy habría decidido reemplazarle inmediatamente para curarse del dolor de haber confesado su amor a un tipo que la había rechazado ofreciéndole una considerable cantidad económica por cualquier inconveniencia causada. Cuando Lucas pensaba en el modo en que le había respondido, se estremecía horrorizado.

Sinceramente, no podía culparla si Katy se negaba a verle.

Condujo despacio hasta la entrada y aparcó el coche en un lateral de la vicaría. Luego apagó el motor, abrió en silencio la puerta y salió.

—Cariño, ¿puedes abrir tú?

Con los codos apoyados frente al periódico en el que

había estado buscando anuncios de trabajo en la sección local desde hacía una hora y media, Katy alzó la vista. Sarah Brennan estaba removiendo algo en una olla. La conversación era más bien escasa porque sus padres no querían decir nada que pudiera molestarla.

Su padre estaba sentado frente a ella con un vaso de vino en la mano. Katy procuraba ignorar la mirada de inquietud que le dirigía de vez en cuando porque estaba preocupado por ella.

Katy había aparecido envuelta en lágrimas y confesándolo todo. Necesitaba mucho cariño y comprensión, y lo había obtenido de sus padres, que habían puesto al mal tiempo buena cara y le dijeron todo lo que tenían que decirle: que el tiempo lo curaba todo, que después de la tormenta siempre salía el sol... pero estaban disgustados por ella. Katy lo notó en las miradas de preocupación que se dirigían el uno al otro cuando pensaban que ella no les veía, y también estaba en los silencios donde antes habría habido risas y charla.

–Tendría que habérmelo imaginado –reconoció Katy la noche anterior, cuando por fin dejó de llorar–. Él fue muy sincero. No quería casarse, y el compromiso fue algo que se hizo para servir a un propósito.

–Para evitar que nosotros pensáramos que eras... que eras... –su madre balbuceó mientras intentaba encontrar una manera educada de decirlo–. ¿De verdad crees que habríamos pensado eso de ti con lo bien que te conocemos, cariño?

Katy podría haberles contado que aquella era solo una parte de la historia. La otra parte estaba relacionada con la reputación de Lucas. Debía de estar locamente enamorada de él porque le importaba más su reputación que a él mismo.

Tampoco mencionó el dinero que Lucas le había ofrecido. Se sentía barata solo de pensar lo horroriza-

dos que se habrían quedado sus padres. Aunque Lucas ya quedaba atrás, le amaba demasiado todavía y no podía soportar que sus padres colocaran aquel clavo final en su ataúd.

El timbre de la puerta volvió a sonar y Katy parpadeó. Se dio cuenta de que su madre la estaba mirando fijamente, esperando a que fuera a abrir la puerta.

Su padre ya estaba haciendo amago de levantarse, y Katy le hizo una seña para que se sentara con una sonrisa de disculpa. Se preguntó quién llamaría a aquellas horas, pero para ser un sitio tan pequeño siempre había mucha gente que necesitaba urgentemente hablar con sus padres sobre algún tema. En cuanto saltara la liebre, el tema de conversación principal sería ella, y Katy torció el gesto al pensarlo.

Estaba distraída cuando abrió la puerta. Se encontró de cara con el ramo de rosas rojas más grande del mundo. Alguien tendría que haber causado estragos en algún jardín de rosas para reunir tantas. Katy bajó la mirada con la mente en blanco. Empezó a atar cabos y llegó a la respuesta correcta en cuanto vio aquellos zapatos de piel tan caros.

Palideció y alzó la vista muy despacio. Allí estaba el hombre cuya imagen no había salido de su cabeza durante los dos últimos y angustiosos días transcurridos desde que sus caminos se separaron.

—¿Puedo pasar? —unos nervios desconocidos convirtieron la pregunta en una afirmación agresiva. Lucas no estaba muy seguro de haber acertado con las flores. ¿Debería haber llevado algo más sustancial? Pero Katy odiaba las ostentaciones de riqueza. La incertidumbre se apoderó de él. Y la sensación le resultó tan desconocida que apenas supo reconocerla.

—¿Qué estás haciendo aquí? —Katy estaba dema-

siado impactada para fijarse en eso, pero se cruzó de brazos, se puso muy recta y recordó lo que había sentido cuando Lucas se ofreció a darle dinero. Aquello fue suficiente para encender su rabia, y se plantó con firmeza delante de él porque de ninguna manera iba a dejarle entrar en la casa.

—He venido a verte.

—¿Para qué? —le preguntó con frialdad.

—Por favor, Katy, déjame entrar. No quiero tener esta conversación contigo en la puerta.

—Mis padres están dentro.

—Sí, eso pensé.

Katy hablaba con frialdad y se mostraba serena, pero por dentro estaba hecha un lío. Deseaba con todas sus fuerzas que su cuerpo hiciera lo que su mente le estaba exigiendo, pero se le estaba yendo de las manos como un tren descontrolado, y respondía a él con una fuerza aterradora. Lo que más le apetecía del mundo era correr a sus brazos, apoyar la cabeza en su pecho y fingir que la vida no estaba derrumbándose a sus pies. Se odió a sí misma por aquella debilidad y le odió a él por aparecer y exponerla a aquello.

Katy miró ansiosa hacia atrás. Sabía que era muy probable que su padre apareciera a su espalda en cualquier momento, curioso por saber quién había llamado al timbre. Lucas siguió su mirada y supo exactamente lo que estaba pensando. Había llegado hasta allí e iba a decir lo que tenía que decir. Si tenía que forzar la entrada y aprovecharse de forma evidente de que Katy no podría hacer nada para no crear una escena delante de sus padres, lo haría.

¿De qué valía que se le presentara una oportunidad si no era capaz de aprovecharla?

Así que eso fue lo que hizo. Con la mano apoyada firmemente en la puerta, dio un paso adelante y la abrió.

A Katy la pilló desprevenida y se fue hacia atrás con una expresión mezcla de sorpresa, terror y rabia.

–Necesito hablar contigo, Katy. Necesito que me escuches.

–¿Y crees que eso te da derecho a invadir mi casa?

–Si es la única manera de que me escuches...

–Ya te lo dije, no me interesa nada de lo que tengas que decirme, y, si crees que puedes engatusarme para que vuelva a acostarme contigo, olvídalo –le espetó con tono bajo y furioso. Tenía las mejillas sonrojadas.

El cuerpo de Lucas le resultaba tan familiar al suyo que respondía como un motor al que hubieran encendido.

Katy oyó detrás a su madre llamándola y se apartó a un lado con gesto furibundo mientras Lucas entraba en la casa, su refugio, con sus malditas rosas rojas y la misión de volver a destrozarle la vida. No iba a permitir de ninguna manera que sus padres creyeran que un ramo de flores significaba algo. Se las quitó de las manos sin ninguna ceremonia y las dejó caer en un paragüero vacío.

–Tendría que haberte traído un deportivo –murmuró Lucas–. Eso no habría cabido en el paragüero.

Katy se lo quedó mirando fijamente.

–No te habrías atrevido.

–Cuando se trata de conseguir lo que quiero hago lo que haga falta.

Katy no tuvo oportunidad de responder a aquel polémico comentario porque apareció su madre, y poco después su padre. Estaban en la puerta de la cocina con las bocas abiertas por la sorpresa, los ojos como platos y el cerebro pensando quién sabía qué. Katy se estremeció al pensarlo.

Y aunque pensaba que Lucas estaría a la defensiva, el hombre se las había arreglado para conseguir lo imposible en el espacio de cuarenta y cinco segundos.

Tras todo lo que Katy les había contado a sus padres, después de detallarles su situación desesperada, de decirles que estaba enamorada de un hombre que nunca podría corresponderla, un hombre cuya única compañía leal sería siempre el trabajo, estaba que echaba humo viendo cómo sus padres se rendían ante aquel despliegue de encanto digno de un premio de interpretación.

¿Por qué había ido Lucas? ¿No debería estar en China trabajando en aquel acuerdo que había terminado cambiando la vida de Katy mucho más que la suya?

Lucas no la amaba y, por un proceso de sentido común y eliminación, concluyó que lo único que podría haberle llevado a casa de sus padres sería ofrecerle continuar con su aventura.

A Lucas le movía el sexo, así que el sexo tenía que ser la razón de que estuviera allí.

Cuanto más lo pensaba Katy, más furiosa se ponía. Y, cuando sus padres empezaron a insinuar que iban a salir a cenar fuera para que Lucas y ella pudieran hablar, sintió que estaba a punto de explotar.

–¿Cómo te atreves? –fue lo primero que dijo cuando se quedaron solos en el confortable salón con sus sofás de flores desgastados, lleno de fotos familiares en la repisa de la chimenea–. ¿Cómo te atreves a irrumpir en mi vida aquí e intentar hacerte con el control? ¿Has pensado por un momento que si conseguías ganarte a mis padres me ganarías a mí también?

Katy estaba de pie en el salón en el lado opuesto al que se encontraba él. Tenía los brazos cruzados, la sangre le ardía en las venas y trató con todas sus fuerzas de no sentirse influida por la oscura y peligrosa belleza de Lucas.

La llenaba de ira que pudiera estar allí sin más, mirándola con aquellos ojos que ocultaban sus pensa-

mientos, apoyado indolentemente contra la pared y sin decir nada, lo que tenía el efecto de provocar en ella una verborrea histérica y agresiva. Estaba siendo justamente la clase de persona que no quería ser. Si no se andaba con cuidado empezaría a arrojar cosas en cualquier momento, y, desde luego, no iba a caer tan bajo.

Lucas la miró. Realmente no sabía cómo actuar. ¿Por dónde se empezaba cuando se trataba de sentimientos? No lo sabía porque nunca antes había estado en esa situación. Pero Katy estaba furiosa, y no la culpaba. Y si se quedaba en silencio tampoco iba a conseguir nada.

–Me caen muy bien tus padres –dijo sin más.

Katy le miró como si hubiera perdido el juicio.

–Has perdido el tiempo –le aseguró con firmeza–. No estoy interesada en tener otra aventura contigo, Lucas. Me da igual si mis padres se han enamorado de ti. Quiero que te vayas y no quiero volver a verte nunca más. Solo quiero que me dejes en paz para que pueda seguir con mi vida.

–¿Cómo vas a seguir con tu vida si estás enamorada de mí?

Katy sintió una oleada de rabia y de frustración porque así, de un modo tan sencillo, la había cortado a la altura de las rodillas. Había agarrado su confesión para utilizarla contra ella.

–¿Cómo voy a seguir yo con mi vida si estoy enamorado de ti? –Lucas se dio cuenta de que estaba sudando.

Los acuerdos de negocios multimillonarios eran un paseo por el campo comparado con eso.

Completamente confundida de pronto, Katy se quedó boquiabierta, incapaz de creerle. Si la amaba no la habría dejado irse, pensó dolida. Habría tratado de detenerla. No le habría ofrecido dinero para compensarla por todas las demás cosas que no podía darle.

Lucas se fijó en su expresión de desconfianza, y una vez más tampoco pudo culparla.

—No me crees, y lo entiendo —tenía la voz temblorosa. Se pasó los dedos por el pelo en un gesto torpe inusual en él—. Te dejé claro que nunca podría estar interesado en tener la clase de relación que tú buscabas. Eras tan... distinta que no me cabía en la cabeza la idea de poder enamorarme de ti. Seré sincero... nunca pensé que pudiera enamorarme de nadie. Siempre he relacionado el amor con la vulnerabilidad, y la vulnerabilidad con el dolor.

—¿Por qué me estás contando esto? —gritó Katy desesperada—. ¿Crees que no sé todo esto?

Pero la incertidumbre del rostro de Lucas la estaba dejando sin fuerzas, y la esperanza se iba desplegando y floreciendo deprisa, provocándole unos latidos en el corazón más fuertes que toda la precaución que quería imponerse a sí misma.

—Lo que no sabes es que apareciste y todo cambió para mí. Me hiciste sentir... diferente. Cuando estaba contigo, la vida era en tecnicolor. Lo achaqué al sexo, porque era increíble. Lo achaqué al hecho de estar de vacaciones, lejos de las exigencias diarias de mi trabajo. Nunca lo achaqué a la verdad, que me estaba enamorando de ti. Estaba ciego, pero es que nunca esperé enamorarme. Ni de ti ni de ninguna mujer.

—¿Hablas en serio? Por favor, no lo digas si no es de verdad. No podría soportarlo.

¿Se trataba de alguna especie de plan para llevársela a la cama? Tenía razón, el sexo había sido increíble. ¿Estaría intentando recuperarla en ese sentido a través de los halagos? Pero cuando le miraba veía la incomodidad claramente reflejada en su rostro, y eso hacía que a Katy le costara trabajo respirar con normalidad.

—Me confundiste. Hubo momentos en los que me

sentía desorientado, como si el mundo se hubiera puesto de pronto del revés. Y, cuando eso ocurría, me decía a mí mismo que se debía a que eras una novedad, algo a lo que no estaba acostumbrado. Pero me comportaba de manera distinta cuando estaba cerca de ti. Me hacías decir cosas que nunca antes le había dicho a nadie, y me sentía cómodo con ello.

—Pero no intentaste detenerme —susurró Katy—. Te dije lo que sentía y tú... me dejaste marchar. No, peor todavía. Me ofreciste dinero.

—Por favor, no me lo recuerdes —dijo Lucas en voz baja. Había conseguido salvar la distancia entre ellos, pero todavía vacilaba y no sabía si estirar el brazo y tocarla, aunque se moría de ganas de hacerlo—. Tienes que entender que el dinero es la moneda de cambio a la que estoy acostumbrado, no el amor. Mi padre se quedó destrozado tras la muerte de mi madre. Yo crecí viéndole dejarse arrastrar por corrientes emocionales que le arrancaron la capacidad de pensar con claridad, y eso me enseñó la importancia del autocontrol y de la necesidad de centrarse en cosas que fueran constantes. Para mí las relaciones estaban asociadas a una transitoriedad aterradora y no quería saber nada de ellas. La única relación que podía considerar era la que no tuviera ningún impacto sobre mi vida. Una relación con una mujer que quisiera lo mismo que yo.

Lucas sonrió con tristeza.

—No una alborotadora emotiva, franca y adorable como tú.

A Katy le gustaron todas aquellas descripciones. Y todavía le gustaba más la expresión del rostro de Lucas. Y así fue como su cautela se desvaneció y el corazón empezó a bailarle dentro del pecho. De pronto le sonrió.

—Sigue hablando —susurró.

Lucas alzó las cejas y también sonrió.

—Así que aquí estoy —dijo simplemente—. He trabajado como un mulo por un trato que, al final, no significará nada si tú no estás a mi lado. Creo que fue entonces cuando me vi obligado a aceptar que lo único que me importa eres tú. Tendría que haberlo comprendido cuando me di cuenta de lo posesivo y protector que me sentía contigo. Tú haces que sea la mejor persona que puedo ser, y eso implica ser alguien que puede resultar herido, que tiene sentimientos, que está dispuesto a mostrar su corazón tal y como es.

Lucas la atrajo hacia sí y Katy suspiró mientras la envolvía en un abrazo tan fuerte que podía sentir los latidos de su corazón. Lucas le enroscó el pelo entre los dedos y le inclinó la cabeza para darle un suave beso en los labios.

—Yo tampoco pensé nunca que me enamoraría de ti —admitió ella con dulzura—. Estaba segura de saber con qué clase de hombre terminaría, y no era alguien como tú. Pero eres tú quien ocupa las piezas que faltan para hacerme completa. Es extraño, pero cuando conocí a Duncan estaba buscando amor, buscando algo más. Pero cuando te conocí a ti no buscaba nada... y sin embargo el amor me encontró.

—Sé a qué te refieres. Yo me sentía cómodo deseándote porque entendía la mecánica del deseo. Pero amarte ha hecho que entienda cómo terminó mi padre metido en una serie de relaciones inapropiadas. Estaba profundamente enamorado de mi madre y quería repetir la situación. Antes de conocerte a ti yo no lo comprendía, porque nunca entendí lo poderoso que podía ser el amor y cómo puede convertir una vida en blanco y negro en una vida llena de color y luz.

—Y cuando yo volví a casa —admitió Katy—, y vi la interacción entre mis padres, supe que no podría con-

formarme con nada menos de lo que ellos tienen. Me he enfadado mucho cuando has aparecido porque creía que ibas a intentar convencerme para seguir con lo que teníamos. Tal vez por el acuerdo o porque todavía te gustaba aunque no me amaras.

—Ahora ya conoces la verdadera razón por la que aparecí con esas flores que tiraste... tú quieres el cuento de hadas y yo quiero ser el hombre afortunado que lo haga realidad. ¿Me harías el honor de casarte conmigo, cariño? ¿De verdad y para siempre?

—Intenta impedírmelo...

Epílogo

KATY se detuvo y miró a Lucas, que estaba mirando al mar medio desnudo porque le gustaba nadar de noche, algo a lo que todavía tenía que convencerla a ella para que lo probara.

Había luna llena y la luz dejaba su magnífico cuerpo en sombras. Y pensar que hacía poco más de un año que había subido a bordo de aquel mismo yate, pataleando, gritando y acusándole de estar raptándola...

Katy sonrió porque sentía que había pasado toda una vida desde aquel momento. El compromiso que no era compromiso se había convertido en algo real y se habían casado no una vez, sino dos. Fue un acontecimiento fastuoso que se celebró una semana después de la boda oficial. Los reporteros se apostaron en primera línea y las celebridades salían de las limusinas vestidas de gala para el evento del siglo. Pero primero habían celebrado algo más íntimo en el pueblo natal de Katy, donde se casaron en una ceremonia oficiada por el padre de Katy en la pintoresca iglesia local. La recepción fue cálida y acogedora.

Con ceremonia de lujo o más íntima, Katy solo sabía que era la persona más feliz del mundo.

Pasaron la luna de miel en Italia, donde se quedaron unos días en casa del padre de Lucas. Katy sabía que vería mucho a Marco Cipriani, porque había encajado muy bien con sus padres y ya estaban haciendo planes para que el padre de Lucas conociera las maravillas de la zona rural del norte en Navidad.

Y Katy sabía que en Navidades habría sin duda una buena razón que celebrar.

–Lucas...

Él se giró y se le paró el corazón un momento al ver a la mujer que se había apoderado de su vida de tal modo que imaginarse la existencia sin ella le resultaba impensable. Sonrió, le tendió la mano y la vio avanzar hacia él, magnífica con aquel sencillo vestido largo que sabía que él mismo terminaría quitándole más tarde.

Katy avanzó directa hacia sus brazos abiertos y lo miró con una sonrisa.

–Tengo algo que decirte... nos quedan ocho meses para empezar a pensar en nombres...

–¿Nombres?

–Para nuestro bebé, cariño. Estoy embarazada –se puso de puntillas para depositar un beso en aquella boca tan sensual.

–Mi querida y perfecta esposa –Lucas cerró los ojos y se dejó llevar por el momento antes de mirarla con amor–. Nunca pensé que la vida pudiera ser todavía mejor, pero al parecer es posible...

Una noche inesperada en la cama de su marido…

UN HEREDERO INESPERADO

ANNE MATHER

La imposibilidad de tener un hijo acabó con el matrimonio de Joanna y Matt Novak. Pero, cuando Joanna solicitó a su multimillonario marido el divorcio, este le dejó claro que estaba decidido a que permanecieran casados… en el más íntimo de los sentidos.

En medio de una acalorada pelea, estalló el deseo que los consumía y, prometiéndose que sería la última vez, Matt y Joanna se entregaron al placer de sus mutuas caricias.

Tras el tórrido encuentro, llegaron al acuerdo de separarse definitivamente… hasta que Joanna descubrió una pequeña consecuencia de su noche juntos: ¡estaba embarazada de Matt!

Acepte 2 de nuestras mejores novelas de amor GRATIS

¡Y reciba un regalo sorpresa!

Oferta especial de tiempo limitado

Rellene el cupón y envíelo a
Harlequin Reader Service®
3010 Walden Ave.
P.O. Box 1867
Buffalo, N.Y. 14240-1867

¡Sí! Por favor, envíenme 2 novelas de amor de Harlequin (1 Bianca® y 1 Deseo®) gratis, más el regalo sorpresa. Luego remítanme 4 novelas nuevas todos los meses, las cuales recibiré mucho antes de que aparezcan en librerías, y factúrenme al bajo precio de $3,24 cada una, más $0,25 por envío e impuesto de ventas, si corresponde*. Este es el precio total, y es un ahorro de casi el 20% sobre el precio de portada. !Una oferta excelente! Entiendo que el hecho de aceptar estos libros y el regalo no me obliga en forma alguna a la compra de libros adicionales. Y también que puedo devolver cualquier envío y cancelar en cualquier momento. Aún si decido no comprar ningún otro libro de Harlequin, los 2 libros gratis y el regalo sorpresa son míos para siempre.

416 LBN DU7N

Nombre y apellido	(Por favor, letra de molde)

Dirección	Apartamento No.

Ciudad	Estado	Zona postal

Esta oferta se limita a un pedido por hogar y no está disponible para los subscriptores actuales de Deseo® y Bianca®.
*Los términos y precios quedan sujetos a cambios sin aviso previo.
Impuestos de ventas aplican en N.Y.

SPN-03 ©2003 Harlequin Enterprises Limited

EL AMOR
Y EL DEBER

CAT SCHIELD

eguir por medio mundo al hombre que le había roto el cora-
ón para decirle que estaba embarazada era lo más difícil que
rooke Davis había tenido que hacer en su vida. Cuando por fin
o con él, se llevó una sorpresa: le había ocultado que pertene-
a a una familia real. Nic Alessandro era un príncipe y Brooke
o era una pareja adecuada para él, pero su atracción era más
frenable que nunca.

Qué pasaría si sus deberes monárquicos colisionaran con sus
eseos? Nic tuvo que llevarse a Brooke a Sherdana para des-
brirlo.

Bianca

**Había algo que deseaba
aún más que la venganza...
volver a tenerla en su cama para siempre**

DESPERTAR EN
TUS BRAZOS

MICHELLE SMART

El único deseo que sentía el billonario Stefano Moretti por s[...]
esposa, Anna, era el de venganza. Ella lo había humillado aba[...]
donándolo, de manera que, cuando Anna reapareció en su vid[...]
sin ningún recuerdo de su tempestuoso matrimonio, Stefan[...]
llegó a la conclusión de que el destino lo había recompensad[...]
con una mano de cartas ganadoras.

El plan de Stefano tenía dos etapas: una seducción privada qu[...]
volvería a atraer a Anna a su tórrida relación, seguida de un[...]
humillación pública que igualara o incluso superara la que [...]
había hecho padecer a él.